Elf ausgewählte Erzählungen, elf gefährliche Begegnungen der Liebe. Ernste Komödien über die Verletzlichkeit, die entsteht, wenn Mann und Frau oder auch Liebende gleichen Geschlechts aufeinander treffen. A. L. Kennedys Geschichten erzählen von den Fallen der Sexualität, von der Gewalt hinter der Liebe, der Farce der Verführung und der Demütigung hinter der Leidenschaft.

Howies ganze Existenz gerät durcheinander, als er auf der Herrentoilette von seinem Seniorchef an einer empfindlichen Stelle berührt wird. Suzanne träumt wiederholt von einer kleinen Gewalttätigkeit, die sie ihrem bedrückend perfekten Ehemann antun könnte. Greg muß im Käseladen warten und begegnet einer Frau, die schon bald seine geheimsten erotischen Wünsche erfüllt, so daß ihm angst und bange wird. Eine junge Frau hält den Schnauzbart von Groucho Marx für echt und fällt auch sonst immer wieder auf höchst zweifelhafte Männer herein. Elf kunstvolle Expertisen auf dem Gelände absurder Zweisamkeit. »Furchtlos stellt A. L. Kennedy sich den großen Fragen, die im kleinsten denkbaren Raum, dem zwischen zwei menschlichen Körpern, wachsen.« ›Stuttgarter Zeitung‹

A. L. Kennedy, 1965 in Dundee/Schottland geboren, lebt als Autorin, Filmemacherin und Dramatikerin in Glasgow. Sie gehört zu den profiliertesten Autorinnen der jüngeren angelsächsischen Literatur. Mit ›Gleissendes Glück‹ gelang es ihr auf Anhieb, sich auch in Deutschland einen Platz in der ersten Reihe junger Gegenwartsliteratur zu erobern. Leser wie Kritiker zollten A. L. Kennedy Anerkennung und höchstes Lob. Im Fischer Taschenbuch Verlag: ›Gleissendes Glück‹ (Bd. 15493) und ›Stierkampf‹ (Bd. 15494).

Unsere Adresse im Internet: www.fischer-tb.de

A. L. Kennedy

EIN MAKELLOSER MANN

Erzählungen

Aus dem Englischen
von Ingo Herzke

Fischer Taschenbuch Verlag

Veröffentlicht im Fischer Taschenbuch Verlag,
einem Unternehmen der S. Fischer Verlags GmbH,
Frankfurt am Main, September 2003

Lizenzausgabe mit freundlicher Genehmigung
des Verlags Klaus Wagenbach
An Immaculate man, *Spares*, *Awaiting an adverse Reaction* und
How to Find Your Way in Woods wurden
in der deutschen Ausgabe zum erstenmal veröffentlicht.
Alle anderen Erzählungen erschienen 1997 bei Jonathan Cape,
London, in dem Band ›Original Bliss‹.

Druck und Bindung: Clausen & Bosse, Leck
Printed in Germany
ISBN 3-596-15718-8

Inhalt

EIN MAKELLOSER MANN

»Ja.« Ein heißes kleines Wort, leicht verärgert, sehr solide, sehr so gemeint. »Ja.«

Mehr sagte sie nicht.

Wie alt war sie? Nur vom Hinsehen konnte er es nicht sagen. In den Papieren stand ihr Geburtsdatum, und es überforderte ihn nicht gerade, ihr Alter – zehn Jahre – auszurechnen. Er hätte sie auf zwölf geschätzt, oder älter, weil sie so müde wirkte und so still versunken. Das hieß, daß er Erschöpfung und Bewegungslosigkeit irgendwie mit Alter assoziierte. Was bei *seinem* Alter ganz bestimmt zutraf. In seinem Alter war die nächste Haltestelle der Tod.

Zehn. Lieber Gott, was zum Teufel ist ihr schon zugestoßen? Was kann sie schon WISSEN*? Und jetzt kommen wir ihr* DAMIT.

Sie war gekleidet wie ihre Mutter: sauber und anständig, aber irgendwie notleidend, unglücklich, unpassend. Die beiden zogen sich auf der Flucht an; aus Koffern und aus Verzweiflung, stellte er sich vor. Die Mutter hatte für das Wetter die falschen Schuhe an und wußte es auch, und es war ihr egal. Eine Trennung hatte manchmal so eine Wirkung: die Leute wollten biblisch handeln, kurz davor, sich die Gewänder zu zerreißen und Asche aufs Haupt zu streuen. Hatte er alles schon erlebt.

Die Tochter starrte wieder, konzentrierte sich auf einen bedeutungslosen Punkt auf seinem Schreibtisch und zeigte ihm ihre Stirn anstelle ihres Gesichts. Sie probierte eine Art Selbsthypnose, um seine gutgemeinten Versuche abzuwehren, obwohl er ihr doch schon sehr deutlich gemacht hatte, daß er ganz auf ihrer Seite war und diese unangenehmen Fragen nur stellen mußte, um festzustellen, was sie wirklich wollte. Die vollständige und wortgetreue Erfüllung all ihrer Wünsche lag zweifelsohne in seiner Macht. Sie konnte und sollte bekommen, was sie bekommen wollte. So etwas geschah nur selten, wenn überhaupt, im Leben eines Menschen, und er bot es ihr nun an, als ihr gutes Recht. Er war ihr *Freund.*

»Ich bin dein Freund, das weißt du, oder?«

Sie beugte sich weiter nach vorne, die Ellbogen auf die Knie gestützt, und er bezweifelte, daß sie ihn hören konnte, auch wenn ihr Rücken leicht erschauerte, als er sprach. Machte sie die Schultern immer so rund, oder krümmte sie sich nur vorübergehend von allem weg? Im Sommer war sie bestimmt nicht so blaß und würde auch wieder wissen, wie man lächelt. Natürlich.

Die Mutter verlagerte ihr Gewicht und sah wie üblich aus, den Tränen nahe. Sie weinte jedoch nie. Wohlerzogen. Aber man mußte ihre Beherrschung ja nicht überstrapazieren. Er hatte alle Antworten, die er brauchte.

»Gut. Vielen Dank also. Du hast dich sehr klar ausgedrückt. Wenn du bei deiner Mutter bleiben willst und nicht z…« Die Aufmerksamkeit des Kindes sprang ihn an und ließ ihn die andere Hälfte des Wortes verschlucken »… zu deinem Vater willst. Entschuldige. *Nicht* zu deinem Vater willst.« Er spürte, wie sich die Luft entspannte. »Dann werden wir dafür zu sorgen versuchen, daß genau das passiert. Gut. Ich bringe das in Ordnung. Das mache ich nämlich: ich bringe Sachen in Ordnung.« Er hob den Kopf und sah die Mutter an, ließ seine Stimme abkühlen und sprach mit angemessenem, professionellem Tempo. »Wenn Sie mich … einen Augenblick entschuldigen wollen.«

Das Mädchen regte sich nicht, als er an ihr vorbeiging, obwohl seine Jacke sie zumindest am Arm gestreift haben mußte. Die Klugheit gebot, daß er neben der Mutter kurz innehielt, sich leicht vorbeugte und ihr kurzes, wild entschlossenes Lächeln wahrnahm, welches andeuten sollte, daß ihre Tochter sie liebte und daß sie deshalb grundsätzlich immer noch liebenswert sei.

Er nickte und schürzte die Lippen, um sein Einverständnis und seine Unterstützung zum Ausdruck zu bringen oder zumindest ein gegenseitiges Verstehen, oder auch, daß er sie jetzt aus gutem Grund hier sitzen ließ. Seine Abwesenheit gab ihnen Gelegenheit, miteinander zu reden und ihre aufgewühlten Gefühle zu beruhigen. Sie konnten angemessen liebevoll miteinander umgehen und wären gefaßt, wenn er zu ihnen zurückkehrte, in das grauenhafte, kleine Gesprächszimmer, überheizt, schlecht beleuchtet und mit einem sterbenden Gummibaum geschmückt. O Gott, es war so widerlich – der pastellfarbene Motelteppich und die geschmacklos geschmackvollen Möbel, die Verläßlichkeit und sparsamen Umgang mit den Honoraren der Klienten suggerieren sollten, unbefleckt von überhöhten Gebühren oder anderen Extravaganzen. Jetzt mußte er wirklich gehen – der menschliche Geist konnte nur eine bestimmte Dosis Terracottafliesen ertragen.

Er bot Tee an und wurde abgewiesen. »Dann vielleicht etwas für das Mädchen? Milch? Limonade? Ehrlich gesagt, haben wir gar keine.«

»Nein, wirklich, Mr. Howie. Wir brauchen nichts.«

Anstatt der Mutter die Hand auf die Schulter zu legen, was sie bestimmt nicht mochte, richtete Howie sich wieder auf und nickte noch einmal vertrauensvoll.

»Wenn ich sie vielleicht morgen anrufen dürfte, dann können wir den Unterhalt besprechen. Und die Bemerkungen, die Mr. Simpson zum Sorgerecht gemacht hat, haben nichts zu bedeuten; wenn er das wirklich zu bekommen versucht, ist es reine Geldverschwendung.« Ihre Augen heulten ihn plötzlich an. »Ich bin gleich zurück, Mrs. Simpson. Entschuldigen Sie mich. Gut.«

Draußen im Gang fühlte sich Howie gleich sauberer. Er verabscheute den Dunst und die Panik und die schreckliche Dehnbarkeit von Worten – die ganzen Begleitumstände, die das Recht und die Klienten mit sich herumschleppten. Sein Arbeitsleben hatte einen ganz bestimmten, hartnäckigen Geruch angenommen, wie der Gefängnisduft, den er in seinen schlechten alten Verbrechertagen nie aus seinen Anzügen herausbekommen hatte.

Er blieb stehen und schob die Schulterblätter nach hinten, bis seine Wirbelsäule ein paarmal knirschte und knackte. Wie konnte er die Zeit am besten herumbringen... Er konnte entweder telefonieren oder pinkeln gehen. Pinkeln gewann.

Er wusch sich Gesicht und Hände, bevor er zum Becken ging, weil er sich das Elend unter den Fingernägeln wegwaschen und seine Haut abkühlen wollte. Salter kam herein.

Howie wußte ohne hinzuschauen, daß er es war. Salter hatte die Angewohnheit, beim Gehen halb zu pfeifen und halb durch die Zähne auszuatmen. Manche fanden das natürlich nervig, Howie fand es irgendwie beruhigend. Das Geräusch klang beinah melodiös, sanft und zufrieden und war sofort zu erkennen. Salters Geräusch war ein Teil von ihm; so wie die leisen Schuhe, normalerweise aus Wildleder, und die kleine Lücke zwischen seinen unteren Schneidezähnen, in der er beim Nachdenken mit der Zunge herumfuhr. Wenn man in seiner Abwesenheit an ihn dachte, fiel einem das sofort ein. Vor allem das Pfeifen.

Howie stand da und atmete unhörbar, fuhr mit seinem Daumen ein Stück an seinem Schwanz entlang und dann wieder zurück. Er kam sich albern und beobachtet vor. Salter. Ein guter Mann, Salter. Er sah aus, als könne man ihm ohne Gefahr Geheimnisse anvertrauen. Wenn man ein passendes Geheimnis hatte. Howies Hals fühlte sich komisch an, er kribbelte ein bißchen.

Bevor sich dann plötzlich ein Druck schwer auf seine Brust legte und er an sich herunterschaute und halb erwartete, Blut oder etwas ähnlich Schreckliches und Lächerliches zu entdecken. Um seine Rippen schloß sich eine beengende Klammer.

Scheiße. O nein. Ach du Scheiße!

Die Arme eines Mannes hielten ihn fest, die Hände waren über seinem Brustbein verschränkt. Und er konnte auch sehen, wo seine eigenen Hände ungeschickt festgehalten wurden, eine von ihnen hielt seinen Schwanz, während er pinkelte, denn er konnte nicht anders, wenn man erst mal angefangen hat zu pinkeln und einen bestimmten Punkt überschritten hat, kann man nicht mehr aufhören und muß einfach weiterpinkeln, bis man völlig leer ist. Das war unfair.

Das ist ein Scherz. Das muß ein Scherz sein. Bitte.

Er schüttelte ungewollt den Kopf und spürte, wie ein hoher, unpassender Ton aus seiner Kehle brach.

Es ist ein Kampf. Aber das ist doch Salter. Das sind doch Salters Hände. Ich kann nicht mit Salter kämpfen, er wird gewinnen.

Ein deutliches Ausatmen schlüpfte an ihm vorbei, und dann fiel Salters Kinn schwer auf Howies Schulter. Howie schloß die Augen und spürte, wie sein Denken ins Straucheln und Schwimmen geriet. Die Hitze von Salters Körper kam näher, ein Bein beugte sich warm in Howies weiche Kniekehle. Das andere preßte sich an die Seite, Schenkel an Schenkel. Howies Atem kämpfte gegen das Anschwellen fremder Lungen, und seine Kopfhaut wurde feucht von unerwünschtem Schweiß.

So muß Ertrinken sein.

Er konnte seine Hand nicht rühren. Obwohl er jetzt fertig war, zu Ende gepinkelt hatte, konnte er sich nicht bewegen. Er konnte nicht einpacken.

»Howie.«

Die Stimme schlug ein wie ein Hieb, und Howie spürte, wie sich der Mund eines anderen Mannes ganz dicht an seiner Wange um die Form seines Namens bewegte. Unter seinem Hemd, unter seiner Jacke, unter seiner Haut und seinem Blut kam etwas zum Stillstand. Er fiel und taumelte in unsicherem, gefährlichem Flug.

Bitte. Das darfst du nicht. Du meinst es nicht so, wie ich es mir wünsche.

Aber er lehnte sich trotzdem zurück und an einen Körper, dem er nicht trauen konnte. Er zuckte mit dem Hals, wollte sich umdrehen, sprechen, aber Salter drängte sich an ihn wie gutes Wasser, wie ein nahes Versprechen.

»Ssschh.«

Das rauschte wie ein Schlitten in Howies Gehör hinein und ließ ihn endgültig zerspringen, Einzelteile seiner Gedanken flogen in alle Richtungen, wurden verbogen und verrückt, und die ganze Zeit waren Salters Arme da und beschlossen nun, fester zuzudrücken.

Howie hustete krampfartigen Unsinn hervor, schrill wie die Meldungen seines Hirns. »Ich kann nicht ... ich kann nicht ... wenn du so drückst ...« Sein Rückenmark begann zu lodern, »ist das ... Habe ich das ...?« Er spürte den schmalen, runden Druck von Salters Hüfte, »bitte«. Sein Schwanz eine aufsteigende Gerade. »Bitte.«

»Ssschh.«

Und dann nichts mehr. Howie stolperte nach hinten, drehte sich unsicher um, plötzlich frei und kalt. Salter griff schon nach der Tür und ging und sprach kein Wort und machte nicht einmal eine Geste, keinen Ansatz von Kommunikation: kein Drehen des Kopfes, keine Befangenheit in den Schultern, keine besondere Eleganz oder Sanftheit in der Drehung und dem Griff seiner Hand; kein Auf Wiedersehen, kein Hinweis.

Howie hielt sich immer noch in gekrümmten Fingern, auch wenn er jetzt die Tür anschaute und merkte, daß ein sehnsüchtiges Aufbäumen den Halt seiner Hand unnötig machte. Er schrie fast vor Festigkeit, er preßte seinen Gedanken weiter nach vorne und nach oben, bis ein oder zwei Tropfen klarer Verzweiflung erschienen. Bevor Alleinsein, Scham und zweifellos auch Furcht auf ihn einschlugen und seine Hoffnungen verdorren ließen.

Wenn ich doch irgendwie reagiert hätte.

Auf beiden Seiten zupften die Spiegelbilder an seiner Wahrnehmung: Ein Mann, der blinzelte, dessen Haar zerwühlt war, der sein abschwellendes Glied in der Hand hielt und heftig schluckte.

Wenn ich doch irgendwie reagiert hätte.

Das Gesprächszimmer war still und wahrscheinlich ruhiger als vorher, obwohl er nicht in der Lage war, das zu beurteilen. Beim Gehen bemerkte er einen dunklen Streifen, wahrscheinlich Pisse, auf seinem Schuh.

»Ist irgendwas?« Seine Stimme klang wie immer, seine Kleidung war nicht ungeordnet, aber wie lange war er weg gewesen? Unruhe ließ einen dünnen Schweißfilm über seine Handflächen kriechen.

Zwei identische graublaue Augenpaare blinzelten ihn ausdruckslos an. Die Mutter schüttelte den Kopf.

»Nun, es gab keine ... Nachrichten. Also. Sie hatten ein bißchen Zeit zum Nachdenken. Gibt es noch irgendwas, was Sie mir sagen wollen?« Er versuchte, der Tochter in die Augen zu schauen, es gelang ihm nicht. Er sollte sich vielleicht besser hinter den Schreibtisch zurückziehen und seinen Schuh verstecken. Aber er mußte sie demnächst hinausbegleiten – da blieb er lieber, wo er war. Wenn das Leder trocknete, würde man es wahrscheinlich gar nicht mehr sehen. »Fragen? Keine? Gut.«

Er versuchte ein unbeholfenes Lächeln und begann, mit den Armen unbestimmte Aufforderungen anzudeuten. Mutter und Tochter nahmen den Wink nur allzu schnell wahr, nicht gerade ein Kompliment. Sie wollten weg aus dem Zimmer. Sie wollten weg von ihm. Das war nicht sehr überraschend – er sah bestimmt aus wie ein Mann, dessen Hände glitschig vor Verwirrung waren, dessen Hemd durchnäßt unter den Armen, unter den Schultern der Jacke, den Rücken hinunter klebte, und der ficken wollte, bloß ficken, bloß ficken.

Nein, kommen. Nein, ficken – was man nicht allein tun kann.

»Gut, dann passen Sie auf sich auf. Beide. Und ich werde Sie morgen anrufen. Ist morgen in Ordnung? Wir haben die neue Telefonnummer. Sie werden ...« Er mußte ihnen keine Zuneigung anbieten, sie wollten keine Zuneigung, sie wollten angemessen professionelles Verhalten und fundierte Beratung. Aber wenn sie jetzt nicht gingen, würde er schreien. Dann würde er die Fensterscheibe mit dem Kopf einschlagen und noch lauter und länger schreien. »Auf Wiedersehen. Wiedersehen.«

Im Gang wandte Howie sich von ihnen ab und ging auf sein Büro zu. Eine unsinnige Furcht vor dem, was er dort finden würde, befiel ihn. Oder, um genauer zu sein, vor dem, was er dort nicht finden würde: keine Nachricht, keine Abweichung von der üblichen Ordnung, niemand, der drinnen auf ihn wartete.

Das Mädchen und seine Mutter – du hättest ihnen ein Taxi rufen sollen. Draußen ist bestimmt Schneeregen. Daran hättest du denken sollen. Du hättest dich kümmern müssen.

Beinahe schon an der Bürotür, spürte er wieder das Kratzen an seiner Wange und erinnerte sich, daß Salter sich nicht immer ganz gründlich rasierte. Oft blieben ein paar Bartstoppeln an der Unterlippe stehen, wo sie am breitesten war. Das wirkte nicht unordentlich, war eher ein Blickfang.

Du mußt selbst bald los, es wird Feierabend. Ein Taxi ist vielleicht gar nicht schlecht, bei dem Wetter. Mußt du aber nicht jetzt entscheiden. Das kann auch ganz schnell vorbeigehen, passiert ja manchmal.

Sein Büro sah genau so aus, wie er es verlassen hatte, unberührt.

Beinahe hätte ich heute morgen einen Pullover angezogen. Hätte ich es doch getan. Das hätte sich weich angefühlt für ihn. Sein Geruch hätte sich darin gehalten. O Gott.

Vielleicht war es bloß ein Scherz. BESTIMMT *war es nur ein Scherz. Aber ich weiß, daß er es ernst gemeint hat.*

Ich hasse mein Büro. Es ist zu klein für mich, ich kriege das Gefühl, als würde ich demnächst Hautausschlag bekommen oder Asthma, oder irgendeine körperliche Reaktion auf die ständige Unzufriedenheit.

Ich sehe nicht schwul aus. Ich benehme mich nicht schwul. Ich sage nie, daß ich schwul bin.

Es gibt Schwule in der Kanzlei, Leute, die ihre Orientierung offen ausleben. Barnaby ist schwul und Curtis, glaube ich, auch. Sie werden nicht verspottet oder gedemütigt, sie sind bloß sie selbst, und sie werden akzeptiert, und sie leisten ziemlich gute Arbeit – sie werden nicht mehr oder weniger geschätzt als wir anderen. Ich könnte hier gefahrlos schwul sein, so wie sie, das weiß ich. Ich habe nichts gegen die Vorstellung, gegen die Handlungen, gegen die Gedanken. Schwulsein als Konzept, das finde ich sogar sehr gut. Ich liebe mein Schwulsein wahrscheinlich. Ich hasse bloß mich selbst.

Aber Salter, ich war sicher, daß er nicht, daß er – ich dachte, er führt ein ganz anderes Leben. Ich dachte, ich hätte mal gehört – ich kann mich nicht mehr erinnern. Ich höre nicht richtig zu. Schön für sich bleiben, dann braucht man nicht zu lügen, zu gestehen, zu vertrauen, was Leute so tun, wenn sie nichts dagegen haben, entdeckt zu werden und zu entdecken. Ich will kein Coming-out.

Ich WOLLTE *kein Coming-out. Ich wollte nicht entdeckt werden. Ich wollte nicht entdecken, daß sowieso niemand herschaut.*

Ich darf nicht will nicht darf nicht mehr über Salter herausfinden wollen. Ich will nicht erfahren, daß es unmöglich ist.

Aber unmöglicher als jetzt kann es nicht werden.

Und auch nicht wunderbarer. Wirklich.

Am anderen Ende des Gebäudes erwachte ein Staubsauger zu brummendem Leben. Howie mußte jetzt wirklich gehen. Seit Mrs. Simpson gegangen war, hatte er bloß abwesend in seinen Akten geblättert und beinahe einen Anruf versaut. Er hatte eine Grippe vorgeschoben, um sich zu entschuldigen, und dann wieder auf seine Hände gestarrt. Seine Finger verjüngten sich zur Spitze, und er glaubte sich zu erinnern, daß das ein Zeichen von Sensibilität war.

Ha ha ha ha.

Er mußte seinen Mantel holen. Es hatte keinen Zweck, zu warten.

Er sollte besser nach Hause gehen. Wo es gerade richtig warm und hell war, und wo er alles selbst renoviert, tapeziert und gestrichen hatte, so daß jedes Zimmer genau so aussah, wie er wollte, und er sich wohl fühlte, wenn er allein war. Und Alleinsein war das Normale: was die neuen Computer der Kanzlei wahrscheinlich seinen Systemfehler nennen würden.

Baden. Entspannen. Dann den guten Bademantel, den langen, und keine Pantoffeln, denn die bedeuteten Alter, Schlurfen und bemitleidenswerte Häuslichkeit.

Howie legte sich im Wohnzimmer zur Ruhe, warm und sauber, aber immer noch von Erinnerungen eingehüllt, die an ihm nagten und ihn beobachteten. Seine Bewegungen waren unsicher und beschränkt, als würde die Aufmerksamkeit, die sein Geist einem anderen Körper schenkte, vom Geist dieses anderen Körpers ausgeglichen, als würde sein Leib von fernen Gedanken bedacht und berührt. Er ertappte sich dabei, wie er die Arme verschränkte, hin und her rutschte, sein Gesicht vor dem Blick von nichts und niemandem verbarg.

Er ging früh zu Bett, um ungestört zu sein, nur deswegen.

Was will er mir SAGEN?

An den Knöcheln brach Howie der Schweiß aus.

Nur ein Blick – ein Blick sagt noch gar nichts. Aber SO ein Blick kann kein Zufall sein.

Sein Füße waren jetzt völlig naß, sogar die Sohlen, als wäre er in eine Wanne gestiegen, obwohl er doch nur ein Lächeln erwidert hatte. Eine angenehmer Wahnsinn pochte durch seinen Körper, die Rippen hinauf, und hob ihn vom Boden.

O mein Gott. Mir wird schlecht. Ich werde ihn berühren. Mir wird schlecht.

Sie drängten sich zusammen in der Teeküche, strengten sich an, dem heißen Boiler nicht zu nahe zu kommen, dem Berg schmutzigen Geschirrs in der Spüle, und dem Pochen in der Luft zwischen den unvermeidlichen kurzen Berührungen. Salter hatte gute Hände, das ließ sich nicht leugnen: die schmaler werdenden Finger, die angeblich Kennzeichen eines sensiblen Menschen waren, der Ansatz dunkler Haare, der sich ums Handgelenk schmiegte und unter dem Hemdsärmel hervorlugte.

Die Hände eines Mannes. Zum Festhalten, die richtige Größe, um sich darunter zu bewegen. Diese Hände, wie meine Hände, wie eine Zugabe eines besseren Ichs. Ein Ich, das ich lieben könnte.

»Ziemlich eng hier drinnen, was, Howie?«

Ein freches Lächeln, ein schlüpfriges Lächeln, das Lächeln eines bösen, bösen Jungen. O Gott, bitte, laß das nicht bloß meine Phantasie sein!

»Nein. Nein, es ist –« Sie standen sich gegenüber, zu dicht. Jedenfalls fand Howie es zu dicht. »Es ist ein bißchen –« Dabei war es natürlich nicht dicht genug. Der Drang, zuzugreifen, schlug von allen Seiten auf Howie ein, wie ein Fahnentuch im Wind. »Schwierig.«

»Mhm. Schwierig.«

Salter hob seine Tasse und trank, langsam, vielleicht sachte, vielleicht war er nur vorsichtig mit dem heißen Tee. Er schluckte, eine flüssige Bewegung strich sein Kehle hinunter. Er hob den Daumen seiner freien Hand zum Mund, tupfte, drückte, hielt inne.

Bitte.

Howie begann die Drehung der Erde zu begreifen, das Gleiten der Kontinente und Ozeane, die Schwierigkeit, immer und überall den Boden unter den Füßen zu bewahren.

Bitte.

Dann ließ er sich gehen und schob die Hand durch die zähe, unberechenbare Luft, bis er Salters Gesicht streicheln konnte. Er beugte sich vor und versuchte dem mächtigen Chaos von Wahrnehmungen standzuhalten, das bei dieser einen Berührung auf ihn einströmte: die Wärme des Fleisches, rasiert und unrasiert; das Zucken eines blinzelnden Augenlids; der kleine Widerstand einer Bartstoppel, und dann die Öffnung des Ohrs, das weiche Ohrläppchen und die kühle Muschel; das herrliche, kurz rasierte Nackenhaar am unteren Ende des Schädels; und schließlich die sengende, strahlende Haut, weich und straff, an Salters Hals.

O mein Gott.

Salter schloß die Augen und neigte den Kopf nach hinten und zur Seite, drückte sich an Howies Handfläche.

Er wird mich abwehren. Er wird sich wegdrehen. Er wird mich aufhalten. ICH höre bestimmt nicht auf. Er wird es tun.

»Hör auf.« Salters Stimme kam tief aus der Kehle, sanft und irgendwie grinsend. »Oh, bitte, hör auf!« Ein geflüstertes Einwilligen, und Salter warf Howie einen raschen, heißen Blick zu. Ein kurzes Leuchten der Wintersonne strich durchs Zimmer und zeigte die langsam treibenden Staubgalaxien zwischen ihnen und die hellen Dampfsäulen, die aus ihren Bechern stiegen. »Wirklich. Ich meine es ernst. Hör auf!«

Howie nahm seine Hand weg. Absurde Hoffnung hüpfte in seiner Brust, als Salter auf ihn zutrat und dann nach der Milch griff. »Ich brauche noch ein bißchen. Du auch?«

»Hm?« Sein gesunder Menschenverstand versteckte sich irgendwo hinter seinen Nieren, aus den Augen, aus dem Sinn. »Ich?«

»Brauchst du noch mehr?« Und dann ein Kuß, so schnell und zart, daß es vielleicht gar keiner war, aber es war einer, ganz ohne Zweifel war es einer. Salter reichte ihm die Milch und ging weg.

Howie stolperte zu seinem Büro zurück, verschüttete seinen Tee und lächelte – wie er hoffte – nur ganz zurückhaltend.

Ich habe einen Steifen. Ich kann das nicht ignorieren und nichts unternehmen. Wenn ich mich setze, wenn ich mich hinsetze und arbeite, geht es vielleicht weg.

Das glaubst du.

ICH HABE EINE EREKTION, DIE ICH NICHT SELBST HERBEIGEFÜHRT HABE. Ich bin nicht verantwortlich. Sie gehört Brian Salter. Ich möchte sie Brian Salter geben. Ich möchte sie ihm schenken. Mich schenken.

Eine Sekretärin ging mit einem Kopfnicken an ihm vorüber und gab sich Mühe, überarbeitet auszusehen.

Schönen guten Tag, Mrs. Carstairs, Gottes Segen für Sie und für die Nervenklinik, die zufällig Ihren Namen trägt. Falls es Sie interessiert, ich habe einen ungeheuren Ständer, der von meinem direkten Vorgesetzten, dem geheimnisvollen Seniorpartner in diesem Sprengel, Mr. Brian Salter, verursacht wurde. JAWOHL.

Howie wurde Sammler. In einigen Tagen eifriger Wachsamkeit erwischte er Blicke im Flur und die Berührung einer Hand inmitten anderer Menschen, während der Aufzug drei schwindelerregende Stockwerke nach unten glitt. Er legte sich auch ein Verzeichnis der Pausen an, die eigentlich Erklärungen hätten sein sollen, oder vielleicht gar ein Kuß, vielleicht ein bißchen länger, voller, mit richtigem Geschmack. Es brauchte nicht viel, ihn zu betrüben, aber noch weniger, ihn zum Strahlen zu bringen.

Weihnachten näherte sich der Stadt, sogar der Kanzlei, und erlaubte es, den Gesprächszimmern, Büros und dem offenen Sekretärinnenpool, die vertraute Ausstattung – müde Goldfolie und Lametta – anzulegen. Kein Mistelzweig.

Um halb fünf nahm der Himmel ein unbestimmtes Kaffeebraun an, und das Wissen um die hereinbrechende Nacht weckte riskante Gedankenspiele in Howies Kopf. Er arbeitete immer länger, blieb über die Putzkolonne hinaus, beschäftigte sich in seinem Büro, allein, verfügbar, seine eigentliche Absicht lauerte still im dunkeln. Jeder wußte, daß er da war, es war seine Gewohnheit geworden. Er sorgte dafür, daß es jeder wußte.

So saß er Abend für Abend mit leicht geöffneter Tür in seinem Büro und lauschte, wie das Gebäude zur Ruhe kam. Die Stille wurde nie durchbrochen, obwohl sein Herz manchmal einen Satz tat, wenn in der Ferne ein Geräusch zu hören war. Er feilte Anschreiben in die richtige Form oder riß Ehepaare auseinander, dann machte er sich einen frischen Kaffee und trank ihn, während seine Gedanken zu kochen begannen.

Ich weiß, wie es geht. Ich habe es noch nie gemacht, aber ich habe davon erzählen hören. In einer Kabine wäre es gar kein Problem, glaube ich. Ein bißchen unterhalten, dann an den Türen vorbeischlendern und sich gemeinsam in einer Kabine einschließen. Hoffen, daß draußen niemand auftaucht. Wenn doch, warten wir, bis sie weg sind. Kein Problem. Das ist ja überhaupt der Grund, warum man es so tut. Wir wären sicher – praktisch sicher – jederzeit. Ich muß mir eine Tüte besorgen.

Die Tüte ist wichtig. Ich brauche eine gute Tüte, worin teure Kleidungsstücke eingepackt werden, die aus so etwas wie dünnem Karton gemacht sind und nicht aus Plastik. Papier geht nicht. Wir brauchen etwas Festes. Auf jeden Fall. Steif.

Wir machen die Tür zu, und ich falte die Tüte auseinander und stelle mich hinein. Nein. Ich will ihn nehmen, das ginge also nicht. Ich *bitte* ihn, *in die Tüte zu steigen, und dann klappe ich den Klodeckel herunter und setze mich hin. Ich setze mich vor ihn hin, mein Kopf in Höhe seiner Hüfte. Wenn jemand schaut, sieht er nur zwei Füße, wo sie sein sollen, und eine Einkaufstüte dazwischen. Die richtige Anzahl Füße. Aber ich bin da drinnen, seine Füße sind in der Tasche, und ich blicke hoch zu ihm, und er müßte gar nichts tun, wenn er nicht wollte, ich würde alles machen. Seinen Reißverschluß öffnen. Ruhige, bestimmte Bewegungen – zu sanft ist nervig, und zu heftig ist eben zu heftig. Als wäre ich es selbst. Ich werde ihn berühren, als würde ich mich selbst berühren, ich ziehe den Stoff herunter und hole ihn heraus, wahrscheinlich* lasse *ich ihn eher heraus, das Blut drängt schon und läßt ihn herausspringen. Ihn herausspringen sehen, ihn bloß anschauen.*

Aber dann möchte ich seinen Schwanz auf der Stirn spüren, die seidige Rundung, schwer und straff und von Gewicht. Allerdings nicht zu lange – dabei würde ich seine Eier küssen, ich würde ihn drücken und dann auf meinem Haaransatz ruhen lassen. Vielleicht auch weiter als der Haaransatz, mein Haar geht noch nicht zurück. Ich habe heute sogar mehr Haar als mit zwanzig. Oder jedenfalls genausoviel.

Er könnte mein Haar streicheln. Seine Hände auf meinen Hals legen. Mich lenken. Wenn er wollte.

Ich weiß nicht, wie er riechen würde. Vielleicht ein bißchen nach Pisse – nach Stoff, Talkum, Seife, oder nach nichts als seinem drängenden Selbst. Ganz private Haut und privater Schweiß – nur für uns.

Daran erinnere ich mich noch. Um einen hereindrängenden Schwanz atmen, ihn lecken, wo er es will, sich krümmen, den Kopf vor ihm neigen, sich vor ihm verbeugen. Ich weiß nicht, wie eine Frau das können soll. Ich kann mir nicht vorstellen, daß sie wissen, wie man es richtig macht.

Ich glaube, ich liebe ihn.

»Und?«

»Mrs.«

Howies Gedanken bedrängten einander, schwankten, rasten, stolperten über seine angehäuften Hoffnungen.

»Mr. und Mrs.« Mrs. Carstairs sprach noch etwas langsamer, sie wiederholte sich, als sei er plötzlich verblödet. Was er natürlich auch war. Er war in letzter Zeit so verblödet, daß er es selbst kaum glauben konnte.

Er nickte und konnte seltsamerweise nicht aufhören. »Mr. und Mrs. Salter. Gut. Auch Nachwuchs?«

Was zum Teufel tust du da? Die Antwort willst du doch gar nicht kriegen. Das willst du nicht wissen. Laß es um Himmels willen bleiben.

»Auch ...?«

»Sie wissen schon. Familie. Was für ein Gedanke, hm? Bei den Genen ...« Er kicherte böse, etwas Kaltes und Flüssiges stieg schneller in seiner Kehle auf als sein Atem. »War bloß ein Witz.«

Ha ha ha ha.

»Ich weiß gar nicht, warum ich früher keine Weihnachtskarten verschickt habe. Dann wüßte ich das alles. Ich mag Weihnachten eben ... nicht besonders.«

»Ja. Ich bin auch nie so sicher, ob ich es mag. Die Vorstellung davon ist immer besser als die Wirklichkeit, nicht wahr?«

»Ja. Immer.«

»Ich glaube übrigens, er hat einen kleinen Jungen. Mr. Salter.«

Konzentrier dich auf ihr Gesicht, schau ihr in die Augen, lächeln. Es ist nicht wichtig, es geht dich nichts an. Aber du mußtest ja unbedingt fragen, oder? Du Arsch.

»Ach? Wie nett.« *Schlucken. Reiß dich zusammen. Schlucken.* »Sind das dann alle?«

»Es gibt immer eine große gemeinsame Karte für die Putzkolonne. Es sei denn, Sie wollen denen selbst etwas schreiben.«

»Nein.«

»Nein, das dachte ich auch nicht.«

»Bloß nicht übertreiben. Zu viel weihnachtliche Gefühle ist auch nicht gut.«

Atmen.

»Ja.« Sie sah ihn freundlich an, und er vermutete, sie hielt ihn eben für einen traurigen alten Sack – der plötzlich dazugehören möchte, Weihnachtskarten an die Kollegen verschicken, ein bißchen festliche Stimmung mitnehmen.

»Genau. Bloß nicht übertreiben! Auf keinen Fall. Vielen Dank für die Hilfe, Mrs. Carstairs.«

»Kein Problem.«

Das sagte sie ganz freundlich, mit einer Spur Zuneigung, die er gar nicht zur Kenntnis nehmen konnte, weil er schon auf dem Weg zur Herrentoilette war. Garantiert ungestört.

Ha ha ha ha.

Tür verriegeln und sich gehen lassen. Schluchzen. Das kurze Vakuum, das durch die Lunge pulst – kein Geräusch, nur ein wogender Fels – bis die Luft hereinbricht wie ein unbekannter Schmerz.

Ha ha ha ha.

Er versuchte zu glauben, daß dies alles schnell von ihm abfallen würde, den ganzen Unsinn hinwegspülen. Da war das Klopapier, um sein Gesicht abzuwischen, wenn es vorbei war. Es würde gar nicht schlimm sein, ein notwendiges Ventil.

Aber es hörte nicht auf. Howie sog Luft durch die Zähne, krümmte sich bei dem Zischen zusammen, weinte und legte die Arme über den Kopf und weinte und klammerte die Arme um seine Rippen und weinte. Er saß auf dem Toilettendeckel, wie er es für Salter tun würde, wenn Salter da wäre, und weinte.

Er könnte hereinkommen. Nicht jetzt. Bald. Ich werde mich zusammenreißen. Und dann ist er vielleicht da, wenn ich herauskomme, und ich müßte gar nichts sagen, denn es wäre deutlich in mein Gesicht geschrieben. Er könnte mich in die Arme nehmen, und ich könnte ihn in die Arme nehmen. Ihn nehmen. Nehmen, was ich brauche. Scheiße.

Halt dein blödes Maul!

Das hat noch niemand getan.
Halt dein blödes Maul!

Howie machte eine Weile krank; Grippe. Es fühlte sich auch an wie Grippe. Er mußte sich ohne Vorwarnung übergeben, obwohl er gar keinen Appetit hatte und nichts Nennenswertes herauswürgen konnte. Häßlich. Er schlief unregelmäßig, vielleicht deshalb, konnte sich auf nichts lange konzentrieren und wurde oft und lange von Müdigkeit überfallen.

Dann wachte er eines Morgens um fünf Uhr auf, und ein schweres Gefühl von Abwesenheit lastete auf ihm, von der Kehle bis zu den Eiern, und er wußte genau, wenn er noch einen Tag länger durch die Wohnung stolperte, würden ihm ernsthafte Selbstmordgedanken kommen. Er mußte wieder zur Arbeit gehen, lernen, vernünftig zu sein, so wie er vorher unvernünftig gewesen war, und mit dem Rest von Würde, der ihm geblieben war, weitermachen.

»Ich hoffe, du fühlst dich wieder besser.
Alles Gute, Brian.«

Der Zettel wartete auf seinem Schreibtisch. Er hatte den Flur geschafft und die Sekretärinnen und die Fragen nach seiner Gesundheit, und dann ließen ihn zwei mit Tinte geschriebene Sätze gefrieren. Er wollte nach Hause gehen und kündigen und in Brian Salters Büro gehen und ihm für so viel Anteilnahme danken, oder ihm den verdammten, verlockenden Schädel einschlagen. Aber dann klingelte das Telefon und führte ihn auf bekanntes Terrain: das Recht, und wie es sich auf Menschen auswirkte. Er war in Sicherheit.

Die Stunden gerannen um ihn herum. Es wurde ein Tag daraus, dann zwei. Er lernte, daß er Salters Blick nicht begegnen mußte, und daß schon ein schmaler Streifen Luft ihn davor schützen konnte, daß Salters Haut ihn ansprang und versehrte. Er mußte nicht immer würgen, wenn er sich ohne eine Berührung oder ein Zeichen abwandte. Als Salter aber in sein Büro kam und seine weichen Schuhe auf dem Teppich flüsterten und er mit langsamer und eleganter Hand die Tür schloß und sie beide damit allein waren, wußte er ganz und gar nicht, was er tun sollte.

»Aber ich weiß es – du solltest kommen.«

Der Entschluß schüttelte sich aus Howies Gliedern, aus jedem einzelnen. Salter wirkte nervös, *Brian* wirkte nervös, sein Gesicht war angespannt. »Komm mit!«

»Ich glaube nicht. Ich kann nicht. Ich bin noch nie hingegangen.«

»Ich weiß.« Salter leckte sich die Lippen und blickte Howie kurz an. »Du wurdest vermißt. Dieses Jahr ...« Er schob die Hände in die Taschen. »Es ist Weihnachten. Die Leute gehen zu Partys.«

»Ich nicht.«

»Aber du könntest. Wenn ich dich bitte. Sonst bin ich ganz allein da.«

»Ich sollte lieber nicht kommen.«

»Aber du kommst.«

»Wenn ich ... Was soll ich ... das ist unfair.«

»Danke.« Salter schenkte ihm ein siedendes Lächeln, drehte sich zur Tür und kam dann zurück. Howie begriff, daß er jetzt nichts tun würde als sich von der Erwartung die Brust aufreißen zu lassen, während Salter auf seinen Schreibtisch zu und drum herum ging und ihn fand.

Er öffnete die Lippen zum Kuß, bevor er noch wußte, was es war, ließ Brians beredte und muskulöse Zunge herein, saugte daran, bis er sicher war, daß er ihre Wurzel erfaßt hatte, ließ dann locker und gab sich hin und ließ sich ziehen bis zum vollkommenen Wohlgefühl. Es hörte sich so laut an, so unmißverständlich nach Küssen, sie klangen so sehr wie ein richtiges Paar, das sich auf richtigen Sex zu bewegte.

Ihm wurde bewußt, daß er sehr glücklich war.

»Eines Tages«, sagte Salter in sein Haar, »wirst du so voll von mir sein.« Dann löste er sich sanft von Howie, und dieser Gedanke begann sich in ihm zu dehnen und zu explodieren wie ein gleißendes Licht. Es leuchtete die ganze Woche in ihm, er zitterte, wenn er es strahlen ließ.

Du dämliches Arschloch. Was tust du da? Hast du dir mal überlegt, was zum Teufel du da tust? Bist du wahnsinnig?

Nein, ich bin nur verzweifelt. Das reicht.

Als er hinkam, war der Pub schon mehr als voll. Schwer zu sagen, wie viele Büropartys sich hier vermischten. Howie stand eine Weile dicht beim Eingang, suchte ein paar Gesichter ab und fragte sich, wie er sich fühlte.

Ich sollte nach Hause gehen und mich umziehen. Ich bin völlig falsch angezogen.

Du hast dich für ihn schick gemacht, du Schwachkopf. Hast dir zu viel Mühe gegeben. Es wird sowieso niemand sehen, es ist viel zu dunkel.

Die Musik brodelte um ihn wie eine Naturgewalt, und Jubel brandete auf. Er versuchte, die verstärkten Beats zu genießen, die an seine Brust schlugen, und wußte, daß er eigentlich gehen sollte. Hier gab es nichts, was er haben konnte, nichts, was ihm zugestanden wurde.

Aber er trat ein und schob sich durch die Masse der Körper, denn jetzt nach Hause zu gehen, wo er schon so weit gekommen war, würde ihn schwächer erscheinen lassen, als er ertragen konnte.

Das ist er. Scheiße. Da. Das war sein Gesicht, von der Seite, aber ich weiß nicht, wo er hingegangen ist. Der Gedanke an Salter hallte durch Howie und saugte ihm die Kraft aus den Beinen.

Scheiße. Das ist doch lächerlich. Erbärmlich. Er zitterte und begann zu schwitzen, seine Hände pochten vom sinnlosen Pulsrasen. *Ich werde umfallen. Und das will ich nicht. Die Leute werden denken, ich sei betrunken.*

Ein Bett, mein Bett. Wenn ich ihn mit ins Bett nehmen könnte. Einmal. Er könnte alles tun. Es gibt nichts, was ich nicht ertragen oder nicht wollen würde.

Eine Hand ergriff seinen Ellbogen. »Du bist gekommen. Das

freut mich.« Salter. In einem schönen Pullover und Jeans. Howie spürte, wie er rettungslos verschwamm.

O Gott, Herr Jesus, Danke. Laß mich was Vernünftiges sagen.

Salter neigte den Kopf und teilte sich ein halbes Lächeln mit ihm. »Ich war nicht sicher, ob du kommst.«

»Ich auch nicht.«

»Aber du willst nicht wieder gehen.«

»Nein.« Lügner.

»Hör zu, ich führe gerade ein ganz unpassend geschäftliches Gespräch mit Billy Parsons –«

»Ist okay.«

»Aber ich komme wieder.«

»Ist gut. Ich bin hier.«

»Gut. Geh ja nicht weg.« Als er eng an seiner Schulter vorbei streifte, beugte er sich vor und hauchte direkt in Howies Hirn, in seinen Schwanz, »Ich will später noch mehr von dir sehen. Geh nicht weg.«

Howie sah Salter nach, als er verschwand, und ließ sich dann in einem Kreis von Unterhaltungen nieder. Seine Hand beschrieb beim Sprechen weiche Kurven.

Er ist nicht wundervoll, bloß gut; aber gut für mich. Süß. Ich würde mich um ihn kümmern, ganz bestimmt.

Laß mich deine Frau und dein Kind vertreiben. Laß mich dein Leben ruinieren, denn ich habe gar keins. Laß mich dich lieben, so viel ich will.

Verdammt, wenn er drum bittet, dann muß er es auch wollen, oder?

Bitte.

Ich kann da nicht.

Bitte.

Zehn oder fünfzehn Minuten lang kamen Leute, mit denen Howie arbeitete, und warfen ihm Worte an den Kopf. Er antwortete ihnen so unkonzentriert, daß er überzeugt war, sie müßten beleidigt sein und sich empört abwenden, aber sie lächelten und kreisten um ihn, als wären sie ganz zufrieden. Er mußte jetzt gehen.

»Nein, müssen Sie nicht.« Mrs. Carstairs klopfte ihm auf die Schulter. »Sie können jetzt nicht gehen. Ich komme, um sie zu holen.«

»Was?«

»Um Sie zu holen. Immer eine gute Sekretärin. Sogar, wenn ich nicht im Dienst bin.« Sie lachte heiser und außerdienstlich. Vielleicht war Mrs. Carstairs ja eine ganz heiße Nummer.

»Um mich zu holen?«

»Fragen Sie nicht weiter. Kommen Sie.«

Also ließ er sich von ihr durch Gesprächsknäuel und glänzende Gesichter ziehen, Tagesbekanntschaften, die ihren alljährlichen Ausflug in die Wollust genossen. Natürlich hatte Salter sie geschickt und wartete, war bereit, ihr den Weihnachtskuß auf die Wange zu geben, wobei sein Blick Howie fand.

»Ein Dankeschön hätte doch gereicht.« Wurde sie rot? Howie hielt es für möglich.

»Keine Angst. Nach den Feiertagen sind wir alle wieder normal.« Salter, der leutselige Chef, der Humor vertragen konnte, aber im Grunde ernst blieb.

Sie wird gehen, und wir werden allein sein.

Mrs. Carstairs kicherte. »Erinnern Sie mich nicht daran. Na ja ...« Howie wußte, daß sie ihn sicher nicht küssen wollte, und schüttelte ihr die Hand, bevor sie sich verpflichtet fühlen konnte.

Aber ich werde bald gehen, weil ich muß.

»Frohe Weihnachten, Mrs. Carstairs. Mary.«

Bitte.

»Frohe Weihnachten, Mr. Howie. Jetzt kümmert man sich um Sie.«

Sein Körper zitterte, als er versuchte, sie zu verstehen. »Jetzt kümmert ...«

»Sie wollten doch früher gehen. Brian – Mr. Salter – will auch früher gehen. Sie können sich ein Taxi teilen. Deswegen habe ich Sie ...« Sie ließ ihre Erklärung versickern. »Sie wissen schon. Sie werden sich schon einigen.« Howie bemerkte, daß sie ziemlich betrunken war. »Gute Nacht. Frohe Weihnachten.«

Salter schlang den Arm um seine Schulter.

Ich kann nicht.

»Das Schöne an Weihnachten ist ja ...« Ihre Hüften trafen sich. Paßte gut. »Daß Männer zu Kumpeln werden.«

»Bitte.« *Bitte.*

»Sschh. Wir gehen raus und suchen uns ein Taxi. Bringen dich nach Hause.«

»Ich –«

Bitte.

»Das willst du doch, oder? Nach Hause.«

Sag es ihm jetzt, sag's ihm. Laß es nicht weh tun, laß es aufhören. Du mußt aufhören.

»Das willst du doch, oder?«

Nein. Nein. Nein.

»Oder?«

»Ja.« Ein heißes kleines Wort.

GROUCHOS SCHNAUZER

Ich habe immer an Grouchos Schnauzer geglaubt. Ich bin ganz und gar auf ihn hereingefallen. Mir war nie jemand begegnet, der sich einfach einen schwarzen Schnauzbart ins Gesicht malte, anstatt ihn wachsen zu lassen, also schaute ich mir seine Filme an, ohne es zu bemerken. Statt des so unglaublich offenkundigen Scherzes sah ich ein Gesicht, an das ich glaubte. Ein Gesicht, dem ich vertrauen konnte.

Ich möchte so gern vertrauen. Viele unterhaltsame Jahre habe ich damit verbracht, mich an diese Charaktereigenschaft zu gewöhnen. Als ich beispielsweise noch ein kleines Mädchen war, erzählte mir ein anderes kleines Mädchen, meine eher unauffälligen Brustwarzen seien in Wahrheit Insektenstiche.

Ich hatte mich bis dahin kaum mit ihnen beschäftigt, aber als ich es nun tat, klangen mir ihre Worte sehr einleuchtend. Vierzehn Tage lang rieb ich mich also mit verschiedenen entzündungshemmenden Salben ein. Da sich mein Zustand nicht zu verbessern schien, fragte ich schließlich meine Mutter nach weiteren Behandlungsmöglichkeiten.

Was hat sie gelacht. Ich glaube, keine andere Äußerung von mir hat sie so ausdauernd, laut und herzlich lachen lassen. Es war ein ganz besonderer Moment für uns beide, und ich war froh, daß ich ihn mit ihr erleben durfte.

Wenn ich zurückblicke, fällt mir auf, daß es solche Augenblicke waren, die mir eine andere Einstellung zur Täuschung entwickeln halfen. Tatsächlich würde ich inzwischen nichts mehr als Täuschung einstufen. Inzwischen habe ich Lernbegegnungen. Will sagen, mir passieren unangenehme Dinge, aber ich lerne daraus. Und wenn sehr häufig sehr unangenehme Dinge passieren, lerne ich wie verrückt, und dafür bin ich unendlich dankbar. Manchmal wache ich frühmorgens auf und höre mich selbst »Danke« sagen. Danke: das Wort schwebt schon in der Luft, während meine Augen und Gedanken noch gar nicht richtig wach sind. So groß ist meine Dankbarkeit, daß sie schon vor mir wach ist.

Versetzen Sie sich in meine Lage, dann werden Sie es begreifen. Mir wurde jahrzehntelanger, intensiver, täglicher Privatunterricht erteilt. Natürlich muß man für ein derartiges Privileg bezahlen, und manchmal war das Lehrgeld schmerzlich hoch. Aber es gibt nichts, was meine grauen Zellen so in Fahrt bringt, wie betrogen, geneppt, geprellt, übervorteilt, ausgenutzt, hintergangen, getäuscht, beschummelt, über den Tisch gezogen oder über den Löffel balbiert, hinters Licht geführt oder schlicht und einfach belogen zu werden. An manchen Tagen halte ich es ohne ein bißchen Bauernfängerei zum Anfeuern meiner Synapsen nicht mal bis zum Mittagessen aus.

Sie müssen wissen, ich bin eine ganz besondere Sorte Mensch. Ich bin das genaue Gegenteil beziehungsweise Gegenstück zum Betrüger. Ich bin ein Empfänger, und seitdem ich das weiß, ist mein Leben wundervoll. Endlich habe ich die Verbindung zu meinem innersten Wesenskern gefunden. Ich kann in Ruhe meinem Tagwerk nachgehen, weiß ich doch, daß ich jeden noch so gefährlichen, dämlichen, abergläubischen oder zweitklassigen Blödsinn lächelnd schlucken werde, wenn er mir unter die Nase gehalten wird. Manchmal, wenn das Feuer meines Leichtglaubens besonders hell lodert, kann ich mich sogar aus der Sache herausmanövrieren, ohne katastrophale Fehler zu machen. Ich glaube dann immer noch aus tiefstem Herzen und mit aller Macht, aber ich muß nicht zu Taten schreiten, und meine Lage, so bemitleidenswert sie auch sein mag, verschafft mir doch schöne Lernerfolge.

Und was noch schöner ist: es ist höchst unwahrscheinlich, daß diese herrliche vertrauensselige Lehrzeit jemals zu Ende geht. Und wenn im Morgengrauen plötzlich allgegenwärtiges Wohlgefallen und gesellschaftliche Gesundheit ausbrechen sollte, wenn das unendliche Universum seine grenzenlosen Geheimnisse allen rothaarigen Männern namens Frank kundtäte, während majestätische Schwärme zwitschernder Dodos in den Sonnenuntergang hineinfliegen, werde ich doch bleiben, wie ich bin – ein rechter Trottel vor dem Herrn.

Der Empfänger hat seinen festen Platz am unteren Ende der Nachrichtenkette – wie jene schlammfarbenen Fische, die am Meeresgrund in Klärschlammablagerungen und radioaktivem Müll herumstöbern. Um ehrlich zu sein, hat mir diese Rolle nicht immer behagt. Bisweilen erschrecke ich vor mir selbst, wenn ich mich bei gewissen Tagträumen ertappe: wie ich besonders dreiste Lügner mit einem Axthieb in die Luftröhre zum Schweigen bringe. Taramasalata kann ich nicht mehr essen, weil ich mir hin und wieder vorstelle, die Lungenflügel diverser Staatsmänner, Fernsehmoderatoren, Tabakhändler, Thekentratscher, Busfahrer und Lebenspartner herauszureißen. Ich sehe vor meinem geistigen Auge, wie ich ihre warmen und glitschigen Lungen weiträumig auf Linoleumfußböden ausbreite und zu Haschee zerstampfe. Die entstehende Masse erinnert stark an Taramasalata, und schon der Geruch selbiger lenkt meine Gedanken in seltsame Bahnen. Ich frage mich zum Beispiel, wie schwierig es wohl ist, die Schuhe von zerstampften Lungenbläschen zu reinigen.

Natürlich geschieht im Verlaufe der Täuschungen nichts wirklich Anatomisches, abgesehen von den Beziehungen. Die jeweiligen Partner erkennen mich schon von weitem, so wie ich sie. Wir halten uns nicht lange mit Vorgeplänkel auf. Wir sehen sofort, instinktiv, den Betrüger und den Empfänger in einander, und wir schießen aufeinander los wie Lemminge, die Pfötchen haltend ins Leere stürzen wollen. Unter der Oberfläche von Taten und Gedanken wartet unser Innerstes nur darauf, sich an den anderen zu schmiegen und die Wahrheit so weit zu beugen, daß sie sich in den Schwanz beißt.

Ich überquere eine Straße, stelle mich an einer Supermarktkasse an, gehe auf eine Party – und binnen Sekunden spüre ich diesen Sog, eine Art unsichtbares übersinnliches Lasso. Diese Strömung packt mich wie eine Springflut und spült mich unweigerlich direkt vor die Nase des unpassendsten Kandidaten für eine intime Beziehung. Wir sind einfach füreinander geschaffen. Auf intellektueller Ebene ist mir zwar klar, daß ich gerade mit einem praktizierenden nekrophilen Bigamisten Nettigkeiten austausche, oder daß ich mit jemandem parliere, der vor unerfreulich kurzer Zeit noch eine gut gepolsterte Einzimmerwohnung sein Heim nannte; aber meine Natur hat mich einfach zu fest im Griff. Mein neuer Freund wird mir mit seinen blutunterlaufenen kleinen Augen zuzwinkern, sich das getrocknete Kinderblut von den Reißzähnen wischen und meine Hand zwischen seine haarigen Finger legen – wie schön, daß wir gleich so gut miteinander auskommen.

Leider ist es weder so einfach noch so offensichtlich. Ich trage keine Tätowierung auf der Stirn, die mich als

BELAGERUNGSWERT BEZIEHUNGSUNFÄHIGE PERSON

ausweist, und keine meiner Lernbegegnungen hat ihre psychische Stabilität durch SS-Dolche oder fehlende Schatten oder Spiegelbilder angedeutet. Wahrscheinlicher ist es, daß ich nicht bemerke, wie ich in die Katastrophe hineinrutsche, bis ich Teil der Katastrophe bin.

Ich bin mir zum Beispiel sicher, daß es keine gute Idee ist, sich mit jemandem einzulassen, der sein Verhalten nach einer schmalen Auswahl frei erhältlicher Videobänder ausrichtet. In diesem Fall trennten wir uns in erster Linie wegen gleichzeitiger Erkrankungen, aber in den folgenden Monaten entdeckte ich merkwürdig vertraute Dialoge im Nachmittagsfernsehprogramm. Ich hatte ja immer vermutet, daß der freundliche Kinderarzt aus *Emergency Room* ganz eigene, dunkle Absichten verfolgt – nun aber bestätigten sich meine schlimmsten Befürchtungen auf ganz persönliche Weise.

Selbstverständlich unterhielten viele meiner Lernbegegnungen nebenbei intime Beziehungen zu anderen Frauen. Ich hatte sie natürlich nicht dabei ertappt, wie sie mit einer peruanischen Austauschstudentin *Vokabeln für schummrig beleuchtete Restaurants* paukten; wie sie einen langweiligen Abend bei einem alten Schulfreund verbrachten, der durch einen tragischen Unglücksfall entmannt worden war; wie sie frühmorgens vor Sonnenaufgang aufwachten und heimlich mit ihrer Tante in Doncaster telefonierten, weil sie geträumt hatten, wer das dortige Derby gewinnen würde. Diese langweiligen Ausflüchte waren selbst für mich leicht zu durchschauen.

Viel lehrreicher waren die Männer, die sich unter ganz falscher Identität vorstellten. Um eine Beziehung zu beginnen, gaben sie sich als ruhigere, sauberere, witzigere, tolerantere, flexiblere, sanftere oder gar bärtigere Männer aus. Hatten sie sich dann unter dieser Maske ihre Position erschlichen, verwandelten sie sich in einen anderen. Diejenigen, die kochen konnten, hörten plötzlich damit auf, und umgekehrt. Während ich also nach und nach einen völlig unpassenden Fremden in meinem Leben entdeckte, wurde mir langsam klar, daß irgendwo anders wahrscheinlich eine Frau Bauch an Bauch mit einem Mann aufwachte, der sich nach und nach als genau der Richtige für mich herausstellen würde.

Das wurde mir alles ein bißchen zuviel, und ich legte mich immer öfter in die Badewanne, tauchte bis über die Ohren unter Wasser, atmete laut und dachte an die Galapagosinseln. Ab und zu sah ich eine Reportage über sie im Fernsehen: jede Spalte im vulkanischen Gestein voll mit Evolutionsverweigerern wie mir. Die geisteskranken, blaufüßigen Wasservögel und ihre plumpen Landeversuche riefen echtes Mitgefühl in mir hervor, ganz zu schweigen von den minderbemittelten Flamingos. Da draußen war doch bestimmt auch mein Platz, unter den Leguanen, die fröhlich ihre Zehen unter die Felsen steckten und am Seegras knabberten oder sich faul in die grobe Richtung von Chile treiben ließen. Sogar als Meeresschildkröte hatte man dort sein Auskommen und konnte jahrhundertelang in Frieden und Sicherheit leben. Solange man nicht zu viele Menschen traf.

Aber ich lag nicht nur in der Badewanne, um über Naturgeschichte zu meditieren. Ich wollte außerdem dem Bett ausweichen, in dem Matthew, der Körperpfleger, auf mich wartete. Da lag er, in makelloser Horizontale, gestählt, gebräunt und glänzend – seine Hautfarbe erinnerte stark an die einer Pekingente. Ich bekam sofort Appetit, wenn ich ihn ansah, aber leider nicht den richtigen.

Matthew hatte nie behauptet, etwas anderes zu sein als ein Körperpfleger, da war er rückhaltlos ehrlich gewesen. Er hatte jedoch den Eindruck erweckt, daß ich ein bißchen mehr Aufmerksamkeit von ihm würde erwarten können als seine Freunde im Kraftraum oder sein Spiegelbild. Der erste Hinweis, daß nicht alles zum Besten stand, war jener zweieinhalb Meter hohe dreiteilige Spiegel, den er mir für mein Schlafzimmer schenkte. Dieses Accessoire hatte ganz und gar nichts mit Erotik zu tun, sondern ausschließlich mit den jeweiligen Noten für künstlerischen Ausdruck und technische Ausführung.

Ich blieb im Laufe unserer Affäre einigermaßen bei Verstand, indem ich spät abends lange in der Badewanne saß und dann Bewußtlosigkeit vortäuschte, sobald ich auf die Matratze aufschlug. Unsere athletischen Leistungen ließen zu wünschen übrig.

Matthew sah das eher als sportliches Versagen denn als mangelnde Anziehungskraft seinerseits. Er schenkte mir meine eigene Mitgliedskarte für sein zweitliebstes Fitneßstudio. Zu der Zeit verspürte ich ganz und gar keine Lust, sie zu benutzen.

Und als dann einer von Matthews goldbraun gerösteten Freunden den Spiegel unter den mächtigen Arm klemmte und hinauswatschelte, wußte ich, daß wieder eine Romanze zu Ende gegangen war, ohne daß sich der kleinste positive Nebeneffekt am Horizont abzeichnete.

Dann ging ich ins Fitneßstudio, und die Sonne ging auf.

Frauentag im Fitneßstudio ist nichts Geringeres als eine spirituelle Erfahrung. Natürlich stehen alle Hanteln, nach Gewicht geordnet, alle kreisenden und schwingenden Maschinen, an denen Sie ziehen und drücken und stemmen können, zur Verfügung. Es ist durchaus möglich, herzukommen und fit zu werden. Aber der Umkleideraum – der Umkleideraum verändert den Blick auf die Welt ein und für allemal. Es gibt nichts Vergleichbares.

Frauen sind unglaublich. Ihre körperliche Wirklichkeit kann einem das Hirn durchschütteln. Natürlich wäre es auch von gewissem Interesse, sich in einem Raum voller nackter und halbnackter Männer zu befinden, aber das wäre ein ganz bestimmtes, beschränktes, sexistisches Interesse. Im Frauenumkleideraum geht es um mich, um das, was mich ausmacht.

Sie müssen wissen, daß ich mich noch nie – abgesehen von der Episode mit Matthew – mit sportlicher Betätigung auseinandergesetzt hatte. Die Mysterien des massenhaften Umziehens waren völlig neu für mich.

Ich tastete mich bleich und zögernd durch den Dampf und die Badeanzüge, durch Bänke, Leiber und gedämpfte Gespräche. Um mich herum standen Frauen, die wie prächtige Eisbecher aussahen, ein Löffel Zellulitis auf den anderen gehäuft, und das Ganze auf mädchenhaften Fesseln und winzigen Füßen balanciert. Frauen, dunkel gebeizt wie Couchtische, hüpften in die Sauna – die ganze Körperoberfläche pure, vollkommene Spannung. Feucht glänzende Rentnerinnen schlenderten in Handtücher gewickelt umher, hinter jedem Lächeln lauerten beachtliche Muskeln. Und wir alle waren hier, um mit jedem Workout noch ein bißchen mehr Kraft und Energie in uns zu entdecken. An manchen Tagen hatte ich unter der Dusche das Gefühl, von der Morgenröte einer neuen, weiblichen »Herrenrasse« umgeben zu sein.

Und dann wurde mir klar, warum ich immer wieder kam – ich selbst war der Grund. Inzwischen brauchte ich die Ruhe, dieses fast postkoitale Brennen nach dem Training. Sogar ich ging nach der Dusche geschmeidig durch den Raum und trocknete mich ohne jede Verlegenheit ab. Ich war inzwischen auch hungrig nach dieser uneingeschränkten Entschlossenheit, nach dieser geradlinigen Konzentration, dem Knistern in der Luft, den ein Raum voller Frauen erzeugt, die genau das und nur das tun, was sie wollen. Ich genoß es. Ich genoß es, ich selbst zu sein.

Ich sah gut aus. Solche Sachen sagen die Leute in diesen Studios. »Sieht gut aus!« rufen sie, während man sich um eine der Maschinen wickelt und irgendeine Muskelgruppe belastet, bis sie anschwillt. Ich konnte mir schon fast vorstellen, was Matthew an Matthew gefunden hatte. Sieht gut aus.

Dann passierte etwas Seltsames. Eines der besonderen Angebote des Studios waren Kurse, in denen zahlreiche Körper sich in mehreren Reihen vor Spiegelwänden aufbauen und in seltsamem Gleichklang springen und federn und sich dehnen. Dank Matthew war ich mit dieser Situation bestens vertraut. Passende rhythmische Musik pumpte und dröhnte aus den Lautsprechern, während wir gleichzeitig taten, wie uns geheißen wurde, und darauf vertrauten, daß es uns lang- oder mittelfristig guttun werde. Unsere herrlich gesunde Tätigkeit war nur in einer Hinsicht bemerkenswert: Frauen und Männer nahmen gemeinsam an diesen Kursen teil – wir wurden gemischt.

Eines Abends machten die größtenteils weiblichen Reihen, die sprangen, federten und sich dehnten, Platz für einen gedrungenen kleinen Mann. Sie wissen schon – er war gebaut, als hätte man ihn irgendwann mal aus großer Höhe fallen lassen, sehr kompakt, aber ich fand ihn attraktiv. Attraktiv auf ganz bestimmte, beschränkte, sexistische Art und Weise.

Was soll ich sagen? Ich war überzeugt, daß wir durch göttliche Vorsehung füreinander bestimmt waren. Und wie ich mich kannte, konnte das nur bedeuten, daß er ein grauenhafter Serienmörder war, oder schwer abhängig von Drogen oder Nachmittagstalkshows, also versuchte ich ihm ungefähr so nahe zu kommen wie einem Säurebad. Wo auch immer er sich im Raum hinstellte, ich nahm die am weitesten entfernte Ecke. Wenn ich ihn mit jemandem reden hörte, fing ich an zu pfeifen oder zu summen oder zu murmeln, um seine Stimme zu übertönen, und ich hoffte dabei, gleichzeitig äußerst exzentrisch und abweisend zu wirken. Kurz gesagt, was auch immer er tat, ich tat etwas Entgegengesetztes. Bis zur letzten Stunde des Kurses.

Da nämlich ließ ich meine Deckung sinken, ich gebe es zu, und die Springflut holte mich wie immer von den Beinen.

»Sie gehen mir aus dem Weg.«

»Nein.«

»Doch.«

»Na gut, dann eben doch. Ich muß jetzt gehen.«

»Sie tun es schon wieder.«

»Mm hm.«

»Es macht mir nichts aus, daß Sie mir aus dem Weg gehen. Ich wüßte nur gern warum.«

Und da verlor ich plötzlich jegliche Kontrolle, war verloren, wie ein Gallenstein im Säurebad.

»Ich habe meine Gründe.«

»Aha?«

»Ja.«

»Ach so.« Einer seiner Füße strich über den Fußboden, als würde er eine Zeichnung anfertigen, und er schaute ihm unbeteiligt zu. Es ist ziemlich schwer, das nicht sympathisch zu finden und im Gespräch die weiße Fahne zu schwenken.

»Möchten Sie, daß ich sie Ihnen erzähle?«

»Ihre Gründe?«

»Ja.«

»Das fände ich schön.«

Wir gingen Kaffee trinken. Das ist noch keine Straftat. Nicht notwendigerweise.

Augenblicke verstrichen. Wir starrten Gegenstände an, machten kleine Geräusche und nickten.

»Hmmn.«

»Wie bitte?«

»Ach, es ist bloß ...«

»Hmmn.«

Dann eröffnete er das Feuer.

»Sagen Sie, haben Sie sich schon mal überlegt, wenn Ihnen

jemand auffällt und Ihnen nicht aus dem Kopf geht, daß das bedeuten könnte, daß Sie sich grundlegend ähnlich sind? Glauben Sie, daß uns etwas dazu antreibt, Kinder zu zeugen, die genauso wie wir sein werden, nur verdoppelt, wenn sie verstehen, was ich meine? Glauben Sie, daß solche Gefühle dann erwidert würden?«

Er war offensichtlich kein Mensch, der um den heißen Brei herumredete, also tat ich es auch nicht.

»Ja, ich weiß nicht, und ja.«

»Und waren das die Antworten in zufälliger, alphabetischer oder chronologischer Reihenfolge?«

»Macht das einen Unterschied?«

»Eigentlich nicht. Ich steuere ja nur auf die Frage zu, warum Sie mir aus dem Weg gehen.«

»Ich mag Sie.«

»Das ist nett.«

»Ich finde Sie sehr attraktiv.«

»Das ist auch nett ... ich habe allerdings das Gefühl, daß Sie nur einen kommenden Schlag dämpfen wollen.«

»Ich möchte mehr Zeit mit Ihnen verbringen.«

»Aber ...?«

»Aber ich habe einen selbstmörderisch schlechten Männergeschmack, schon immer.«

»Vielen Dank.«

»Gern geschehen.«

Wir lächelten einander an. Sein Gesichtsausdruck war vertrauensvoll, und das war höchst beunruhigend, denn er spiegelte wahrscheinlich meinen eigenen wider. Ich konnte nicht umhin zu bemerken, daß er ein angenehmes Gesicht hatte – etwas schwerfällig, vielleicht gar ein bißchen dumm um den Mund, aber mit leuchtenden, klaren Augen. In die man sich gerne hineinfallen ließ.

Vor unserem zweiten Treffen war ich voller Sorge und Hoffnung. Ich wartete auf Anzeichen von Fiktion, von zurückgehaltenen Informationen.

»Was arbeitest du übrigens? Das hast du mir noch gar nicht erzählt.«

Er zuckte die Achseln.

»Bist du arbeitslos?« Ich stellte mir vor, daß er irgendwas Freiberufliches machte, vielleicht Einbrecher.

»Nein. Nein, ich arbeite, aber ich spreche nicht darüber. Da hast du also mein dunkles Geheimnis: mein Beruf.«

»Zufälligerweise mag ich keine Geheimnisse.«

»Ich erzähle es dir später. Vielleicht.«

Damit war ich zwar nicht glücklich, aber Wellen der Zufriedenheit brachten mich wiederum dazu, meine Deckung zu senken. Unsere Beziehung entwickelte sich derweil ganz von allein. Eines Abends fand ich mich entspannt in seiner aufgeräumten, durchschnittlichen, der-nette-Nachbar-dem-wir-so-etwas-Furchtbares-nie-zugetraut-hätten-Wohnung wieder. Ich dachte, wir könnten uns die Zeit mit Konversation vertreiben.

»Also, erzähl mir von deiner Arbeit.«

»Nein.«

»Warum nicht?«

»Ich muß nicht.«

»Nein, du mußt nicht. Du mußt überhaupt nicht. Ich dachte bloß, du möchtest vielleicht; du würdest mir diese Information vielleicht freiwillig anvertrauen.«

»Nein. Ich glaube nicht.«

»Das ist doch lächerlich. Ich meine, wir werden bald miteinander ins Bett gehen – heute nacht –, weil wir nichts anderes mehr zu tun haben, aber du weigerst dich, mir zu erzählen, womit du dein Geld verdienst?«

»Ich weigere mich nicht, ich zögere nur. Und was soll das heißen, ›weil wir nichts anderes mehr zu tun haben‹? Willst du andeuten, daß ich ein Langweiler bin? Hast du schon alle meine Möglichkeiten ausgeschöpft?«

»Nein, das meine ich nicht, aber jetzt hast du das Thema gewechselt.«

»Ich weiß. Vielleicht möchte ich ja ein bißchen verführt werden. Umgarnt. Vielleicht möchte ich noch ein bißchen mehr über dich wissen. Ich bin ein sensibler Mann, weißt du?«

»Ein sensibler Mann – gleich wirst du mir noch erzählen, daß du ein vegetarischer Kannibale bist.« Ich muß zugeben, daß ich mich sofort ein bißchen schämte, als ich das gesagt hatte, aber nur ein bißchen. Ich war verärgert.

»Ja, ich bin tatsächlich ein Mann und sensibel, vielen Dank. Wie ich dir gleich beweisen werde. Geh bitte zur Seite.«

Damit schritt er in die Mitte seines Wohnzimmers, atmete tief ein und zog sich aus, einfach so, als wollte er unter die Dusche.

»Ein nackter Mann ist im kulturellen Sinne viel verletzlicher als eine nackte Frau. Hier bin ich. Verletzlich.«

»Natürlich bist du jetzt verletzlich, ich bin ja noch angezogen und du nicht mehr.« Mir ging auf, daß das ziemlich hinterhältig von ihm war. »Das ist ziemlich hinterhältig von dir.«

»Ich weiß nicht, was du meinst. Na ja, vielleicht doch. Es gibt schließlich nur einen Weg, die Richtigkeit meiner Behauptung zu überprüfen. Indem wir den Zustand beider Subjekte einander angleichen ...«

»Wenn ich mich ...«

»Mm hm.«

»Hinterhältig.«

Also zog ich mich auch aus; ich würde nicht sagen, daß ich mich ärgerlich auszog, aber doch mit der Entschlossenheit einer Frau, die etwas beweisen will. Dann stand ich etwas atemlos im Wohnzimmer und fühlte mich kein bißchen nackt. Der Umkleideraum war nicht spurlos an mir vorübergegangen. Ich konnte einfach dastehen und ganz entspannt diesen nackten Mann anstarren (der übrigens Ian hieß).

»Ich sehe keinen Unterschied in unserem kulturellen Status. Wir sind etwa gleich groß. Du bist körperlich stärker, aber, ach nein, schau an, da sehe ich doch die gesamte Gesellschaftsstruktur, die sich hinter dir formiert – die scheint ganz auf deiner Seite zu sein.«

Es hat etwas zutiefst Lächerliches, wenn sich zwei nackte Menschen mit höflich verschränkten Armen, umgeben von ihren verstreuten Kleidern, im Wohnzimmer gegenüberstehen und über Psychologie und Sexualität debattieren.

»Als Mann setze ich mich einem größeren Risiko aus.«

»Quatsch.«

»Frauen sind viel widerstandsfähiger ... ihr habt eine viel höhere Schmerzgrenze ...«

»Die brauchen wir auch. Jetzt hör mir mal zu: Ich gehöre zu einer unterdrückten Mehrheit ... und ich kann mich nicht mit meinen Brüsten anfreunden ... ich hatte ein unangenehmes Erlebnis mit meinen Brustwarzen ... im Hinterkopf assoziiere ich sie immer noch mit Entzündungen und Insektenstichen.«

»Und was ist mit Selbstbefriedigung? Männer haben schreckliche Schuldgefühle deswegen.«

»Wir hingegen dürfen gar nicht wissen, wie sie funktioniert.«

Ein Teil von mir wollte die Diskussion fortsetzen, aber es würde zu nichts führen, weil meine Aufmerksamkeit sich anderen Dingen zuwandte. »Ist dir kalt?«

»Ja. Und ich glaube, ich möchte gern umarmt werden. Dann würde ich mich nicht so verletzlich fühlen.«

»Dann sollte ich dich also jetzt wohl fragen, ob du Kondome benutzt.«

»Ist es nicht seltsam, wie zwei verschiedene Menschen im gleichen Augenblick das gleiche denken können? Ja, ich benutze Kondome.« Er lächelte auf angenehme Art.

»Hast du hier in der Nähe vielleicht ein Bett?«

»Ja, ich glaube, ich habe irgendwo eins herumstehen.«

»Dann wollen wir mal.«

»Dann wollen wir mal? Du hörst dich an wie ein Fußballtrainer.«

»Was soll ich denn sagen? Was würdest du gern hören?«

»Ich weiß nicht. *Ich hole dich raus aus diesem ganzen Elend?*«

»Dann wollen wir mal.«

Und wir wollten.

Und ich fand sogar einen Augenblick Zeit, über die unverhofften Vorzüge sportlicher Ertüchtigung nachzusinnen.

Später lag ich neben Ian und spürte der Bewegung seines Atems nach, der mir sagte, daß er entspannt, aber noch wach war. Ich stellte mir vor, daß unsere Körper wie die beiden auf den Schautafeln im Fitneßstudio ausgestellt wären. Auf diesen war ein Mann mit vollem, glänzendem Haar zu sehen, der wie ein Jazztänzer posierte, die Hüfte vorgeschoben, die Handflächen geöffnet, und seine ganze Gestalt Schicht für Schicht freigelegt, bis auf die Muskeln und die kleinen Knöchelchen im Fuß. Vorder- und Rückansicht. Mein Vorbild, die weibliche Ausgabe, hatte eine ebenso beeindruckende wilde Mähne und rote Augen. Ihr durchsichtiger Körper steckte voller verschiedenfarbiger Organe, die alle durch den Genuß von Zigaretten und Alkohol grauenhafte Schäden davongetragen hatten. Ein reizendes Paar.

»Also gut.«

»Hm?«

»Ich bin Einbalsamierer.«

»Du bist was?«

»Ich weiß, das ist immer eine unschöne Überraschung. Die Leute fragen sich, was ich zuletzt in der Hand hatte. Ob ich mir gründlich die Hände gewaschen habe.«

»Nein, du bist was? Ich habe es nicht verstanden.« Ich rollte mich herum, um ihn ansehen zu können.

»Ich bin Einbalsamierer. Das ist mein Beruf. Tut mir leid. Ich erzähle es nicht gern gleich, weil niemand richtig gut damit klarkommt. Oder weil sie drauf abfahren. Du glaubst nicht, wie viele Frauen mich gefragt haben, ob sie es da mit mir treiben können, wo ich die Leichen behandle.«

»Nein.«

»Mhm. Ich glaube, es hat was mit Macht zu tun. Es gefällt ihnen, daß die Toten da sind und zuhören müssen, aber uns nicht aufhalten oder mitmachen können.«

»Vielleicht sind sie bloß froh, am Leben zu sein.«

»Vielleicht. Du stehst nicht auf so was, oder?« Seine Augen zuckten ganz leicht.

»Worauf, am Leben zu sein?«

»Es in Gegenwart toter Leute zu treiben. Ich habe einmal eine Frau mitgenommen, und danach konnte ich ihr nicht mehr in die Augen schauen. Es ist einfach nicht gesund ... warum lächelst du?«

Natürlich lächelte ich, selbstverständlich, wie konnte ich anders. In den Fluren meines Herzens und in meiner Bauchhöhle rollte und schaukelte eine riesige Gefühlswelle. Ich mußte einfach lächeln. »Und das ist die ganze Wahrheit.«

»Ja, sicher. Warum sollte ich lügen? Wenn man seine Zeit damit zubringt, die Körperöffnungen fremder Toter zuzunähen, wird man im Umgang mit Lebenden ziemlich direkt. Obwohl ich natürlich auch oft daran denke, wie die Lebenden am Ende aussehen werden. Auch ich selbst. Und das ist tatsächlich die Wahrheit.«

»Nein, ich meine, du sagst die Wahrheit, du bist ehrlich.«

»Relativ ehrlich.«

»Was genau willst du damit sagen?«

Er fuhr mit dem Zeigefinger von meiner Schulter hinab zum Ellbogen und grinste. Ich versuchte, so besorgt wie nötig zu sein.

»Versuch nicht, mich abzulenken: Was willst du damit sagen?«

»Was ich gerade getan habe. Mach einfach dasselbe, los. Berühre meine Haut.«

»Was?«

»Berühre meine Haut. Irgendwo. Wo du willst. Ich vertraue dir.«

Ich berührte.

Er lächelte.

»Siehst du, ich lüge.«

»Hör zu, ich meine es ernst. Natürlich liegst du, du liegst im Bett –«

»Nein, nein. Ich meine es auch sehr ernst. Ich will dir sagen, daß das, was du gerade berührt hast, nicht so bleiben wird. Und was ich berührt habe, auch nicht. Wir sind jetzt beide hübsch und fit und gesund, ziemlich jung und ziemlich ansehnlich, aber das wird vergehen – ich habe es vergehen sehen. Eines Tages werde ich plötzlich langsamer werden, eines Tages werde ich grau werden, eines Tages werde ich überhaupt nichts mehr werden. Viele Leute denken, ich sei morbide, aber ich sage nur, was ich sehe. Und ich muß einfach ehrlich sein, ich kann nicht anders.«

Er war wirklich ein Mann, ein ganzer Mensch, und er konnte nicht anders als ehrlich sein, er konnte nicht einmal anders, als das zuzugeben.

»Du bist nicht morbide, du bist bloß an der Wahrheit interessiert. Ich auch.« Die große Flutwelle brach herein, ein emotionaler Riesenbrecher. Meine Gedanken surften schon weit hinaus in die Zukunft, malten sich Kinder aus, genauso wie wir, nur verdoppelt. Ein Meer von ehrlichen kleinen Menschen.

»Ian, du bist so ehrlich, wie du kannst. Du bist, wer du bist, so alt, wie du bist, so wie du bist.«

»Jetzt noch.«

»Mehr haben wir nicht.« Als ich den Atem anhielt, um sein Gesicht zu betrachten, wußte ich, daß ich ihn liebte: Ich konnte es hören – wie den Moment der Stille vor dem Sonnenaufgang oder das leise Trommeln sauberen Regens. »Meinst du, ich könnte deine Haut noch mal berühren?«

»Wenn du willst.«

»Ich will.«

Und einen vollkommenen Moment lang war »Ich will« die vollständige Wahrheit.

ZUCKER ZERSCHLAGEN

»Dieses Brot schmeckt süß.«

»Hm?«

»Dieses Brot, das schmeckt süß.«

»Nein, finde ich nicht. Findest du?«

»Natürlich finde ich das, sonst hätte ich es nicht gesagt.«

Nick biß noch einmal ab und kaute wachsam. Sie beobachtete ihn, auch wachsam, aber auf andere Art.

»Süß?«

»Süß.«

»Hat vielleicht beim Bäcker neben etwas anderem gelegen – du weißt schon.«

»Neben was anderem? Es hat letztes Mal schon so geschmeckt.«

»Nein, letztes Mal war es dunkles Brot.«

»Es hat aber trotzdem süß geschmeckt.«

»Wirklich? Nein. Bestimmt nicht richtig süß.«

»Doch. Unten drunter. Ganz sicher. Richtig süß.«

»Ich werde der Sache auf den Grund gehen.«

»Auf den Grund gehen?«

»Beim Bäcker.«

Sie konnte es ihm nicht erzählen. Er würde es nicht verstehen.

Er würde gar nicht begreifen, worauf sie hinauswollte. Nick war ein kluger Mensch, und sie zweifelte nicht, daß er auch ein guter Mensch war, aber hier und da mußten sie doch ihre Differenzen stehenlassen. Sie sah keinen Sinn mehr darin, sie auszudiskutieren, diese Differenzen, ihre unterschiedlich getönten Gedanken zu vergleichen, denn am Ende gerieten sie doch nur miteinander in Streit, und das machte keinen Spaß.

Und außerdem hieß streiten vor allem, laut Dinge zu sagen, von denen man schon wußte, daß man sie glaubte. Das Gegenüber tat das gleiche. Unvermeidlich vertiefte man so die Gräben.

Sie kannte sich gut in Nicks Denken aus und wußte, daß es ein sympathisches Denken war, aber ganz bestimmt nicht ihres – nicht einmal annähernd.

Abgesehen natürlich vom Thema Mr. Haskard: da waren sie völlig einer Meinung. Er war der richtige Mann für sie. Sie durften sich beide sehr glücklich schätzen über das Privileg und den Segen, für die Mr. Haskard stand.

Sie hatten Glück mit Mr. Haskards Haut, die so bleich und trocken wie ein Gipsbinde war, oder vielleicht eher wie ein teures Damasttischtuch. Nicks Mutter hatte einen ganz ähnlichen Teint gehabt, was sie einst sehr begehrenswert machte, mal ganz abgesehen von ihren weiteren, geistigen Vorzügen. Ihre glänzenden Lippen und das bisweilen kurz zu erblickende samtene Innere ihres Mundes erschienen im Vergleich zu ihrem staubtrockenen Kinn – beispielsweise – geradezu hypnotisierend feucht und verlockend. Im Kontrast zu ihren entwässerten Wangen und Schläfen schwammen ihre Augen förmlich in Gefühlen und Gedanken und waren zu jeder Tages- und Nachtzeit kurz vorm Überlaufen.

Deshalb mochte Nick Mr. Haskard.

Was Mr. Haskards allgemeines Sozialverhalten anging – charmant, zurückhaltend und unaufdringlich –, so war es wirklich ein Segen. Sie schaute ihm zu, wie er friedlich an seinem Bleistift kaute, während er das schwierige Kreuzworträtsel seiner durch und durch seriösen Tageszeitung löste, und erinnerte sich an all ihre Verwandten, von denen kein einziger die Tageszeitung nach dem Lesen wieder ordentlich zusammengefaltet hatte oder so klug und gebildet gewesen war, das simpelste Kreuzworträtsel zu lösen. Sie wollte schon immer mit einem Mann befreundet sein, der Rätsel lösen und sich an harmlosen Wohnzimmervergnügungen erfreuen konnte. Mr. Haskard kaute nicht Kaugummi, hustete nicht nervös, übte nicht auf einem Musikinstrument oder konsumierte im Übermaß Alkohol, Kaffee, Schuhcreme, Toilettenpapier oder Bonbons.

Mr. Haskards Vollbart, da wußte sie sich mit Nick einig, war prachtvoll. Um den Mund dicht und voll; kräftig, fließend und wahrscheinlich ein bißchen kitzelnd, so wie ein weiches, feines Tierfell; man wollte ihn unbedingt anfassen. Obwohl ihnen natürlich nicht im Traum eingefallen wäre, ihn anzufassen. Sie schauten ihn nur an und gewöhnten sich an die Bescheidenheit seines halb verborgenen Lächelns; an das plötzliche Rot seines Lachens; an die Möglichkeit des lauernden Bisses.

Sie fanden es wunderbar, zu wissen, daß Mr. Haskard über ihnen wohnte, ein wenig wie ein stiller Hausgott: Schlank und anspruchslos bewegte er sich in den beiden Zimmern, die sie ihm gern vermietet hatten. Er frequentierte den Waschsalon, um ihre Waschmaschine nicht unnötig zu beanspruchen, er ließ die Küche tatsächlich sauberer zurück, als er sie vorfand, und sie hatte noch nicht einmal befürchtet, daß ihm im Bad vielleicht ein Tropfen danebengehen könnte.

Und wenn ihre Zuneigung zu Mr. Haskard noch größer war als die von Nick, dann nur, weil sie ihn öfter zu Gesicht bekam. Nicks Leben bestand immer mehr aus Vorlesungen, Abendkursen, intensiven Wochenendseminaren, während sie meistens zu Hause blieb, weder Abendkurse noch Vorlesungen abhielt, von Seminaren ganz zu schweigen. Theoretisch hatte die Möglichkeit immer bestanden, daß sie beide arbeiten könnten. Sie hätten vielleicht sogar Stellen an der gleichen Universität ergattern können, aber ihre Ansätze und ihre Ergebnisse waren zu unterschiedlich gewesen. Nach und nach hatte sie die Lust am Unterrichten verloren, und auch die akademischen Erfolge, die es brachte, genoß sie nicht mehr richtig. Ihr Leben spielte sich jetzt im Haus ab und drehte sich um ihren Mieter und ihre Forschungen. Wenn sie ihre Privatstudien beendet hatte, wollte sie ein Buch schreiben. Ein gutes, umfassendes, unabhängiges Buch. Nick wußte nichts von diesen privaten Absichten, er hätte nur wieder den Kopf geschüttelt.

Mr. Haskard war von der intellektuellen Atmosphäre in ihrem Heim ganz und gar nicht eingeschüchtert. Sie gewöhnte sich irgendwie daran, mit ihm am Fenster zu sitzen und Unterhaltungen zu führen, bei denen er Beweise seiner eigenen Bildung liefern konnte.

»Ihr Kleid schließt hinten.«

»Äh, ja, tatsächlich. Hat Nick mir gekauft.«

Mit dem linken Zeigefinger umschloß er seinen Bart, in seinen Augen leuchtete Konzentration. Er schluckte und legte dann seine Hände geduldig und sanft ineinander.

»Davon würde ich Ihnen eigentlich abraten.«

»Wie bitte?«

»Von Rückenverschlüssen. Es gibt drei Gründe, die dagegen sprechen.«

»Ach wirklich.«

»Ja. Erstens werden alle bekannten Fesseln und Mittel zur Ruhigstellung von Wahnsinnigen auf dem Rücken zusammengebunden und befestigt. Keine schöne Assoziation. Zweitens werden die meisten Kleidungsstücke für Leichen hinten geöffnet und geschlossen, weil es leichter ist, einen Leichnam so an- und auszuziehen. Auch das ist keine schöne Assoziation. Drittens schwächt der Rückenverschluß die Selbstbestimmung der Trägerin. Wie eine Pflegebedürftige oder ein Kind muß sie sich womöglich beim Ankleiden helfen lassen. Sie wird abhängig.«

»Keine schöne Assoziation?«

»Zweifelsohne.«

»Ich sehe, Sie haben sich darüber einige Gedanken gemacht.«

»Ja, ein paar. Aber das ist nicht böse gemeint. Das Kleid steht Ihnen sehr gut. Es lenkt das betrachtende Auge fast gar nicht von der Bewegung Ihres Körpers ab. Ich hoffe, daß es auch bequem ist.«

»O ja, sehr. Vielen Dank.«

Er betrachtete sie freundlich, als sei sie eine gut formulierte Schlagzeile oder eine exotische Briefmarke.

Nick hatte ihr die gesamte Miete, die Mr. Haskard zahlte, überlassen; sie konnte mit dem Geld nach Belieben verfahren. Das war zwar nicht so gut, wie selbst mit einer befriedigenden beruflichen Tätigkeit Geld zu verdienen, aber es hatte auch seine erfreulichen Seiten. Mr. Haskard bezahlte immer pünktlich im voraus, indem er ihr ein Bündel Geldscheine in die Hand drückte, als würde er Schulden unter Freunden zurückzahlen. Sie fühlte sich nie wie seine Vermieterin, eher wie eine wiederentdeckte Freundin.

»Schon wieder ein Kalendermonat. Danke.«

»Ich danken Ihnen, Mr. Haskard. Ach, und Mr. Haskard?«

»Ja.«

»Gefällt es Ihnen hier?«

»Natürlich.«

»Sie könnten auch vierteljährlich zahlen, wenn Sie wollen. Sie sind immer so zuverlässig.«

»O nein. Nein, danke.«

»Das monatliche Bezahlen hat so etwas Vorläufiges, etwas von mangelndem Vertrauen. Ehrlich gesagt frage ich mich auch, warum sie keinen Kredit aufnehmen und selbst eine Wohnung – bei Ihrem Verdienst ... ich wollte sagen, werden wir Sie bald verlieren, Mr. Haskard?«

»Nun, ich denke nicht. Nicht so bald. Ich kann Ihnen das erläutern: ich bin ja eigentlich Freiberufler. Systemanalytiker meines Kalibers – wenn Sie dieses Eigenlob verzeihen – sind sehr gefragt. Mobilität ist da ein Pluspunkt. Und außerdem mißbillige ich Kredite und die Zwänge und Lasten des Privateigentums.«

»Ich verstehe. Vielen Dank für diese erschöpfende Auskunft.«

Erstaunlicherweise sah sie tagsüber ziemlich viel von Mr. Haskard, trotz der großen beruflichen Nachfrage. Während sie neben Nick schlief, rief sein Mobiltelefon ihn oft leise aus dem Haus, er tappte unsichtbar die Treppe hinunter und machte sich auf in die Stadt, in die dunklen, geometrischen Straßen und schmalen Lichtstreifen. Knapp unterhalb ihrer Träume war er damit beschäftigt, Programme zu durchsuchen und zu korrigieren, die ort- und pausenlos durch Silikonlabyrinthe liefen. Er spürte und verstand das elektronische Zittern ihrer Atome, er rückte ihre fehlerhafte Sprache zurecht, er liebte und schalt sie wie ein Vater und bemerkte jede Spur von Erkrankung.

Und während sie ihren Vormittagstee umrührte, hörte sie vielleicht seine Tür, hörte die Badewanne vollaufen, die Toilettenspülung. Vielleicht war sie auch froh, seine Gesellschaft zu bemerken und darauf zu warten, daß er in die Küche trat, das Gesicht vom Schlaf und vom Waschen sanft gerötet.

»Man sollte Möbel so oft wie möglich ins Freie bringen.«

An jenem Morgen hatte Mr. Haskard eine besonders alarmierende Infektion in den Denkstrukturen einer großen Bank aufgedeckt und war bester Laune. In seiner Stimme lag beinahe ein leichtes Knurren, eine Spur von Bösartigkeit. Sie fragte sich, ob er womöglich diese Krankheitssymptome, die er entdeckte, gar nicht beseitigte, sondern nur ein wenig zurechtstutzte, so daß sie als Spuren seiner vorübergehenden Anwesenheit weiter im Datennetz pulsierten.

»Sie haben hier sehr nützliche Stühle; die sollten mal in die Sonne.«

Ein junger Sommer leuchtete draußen, das Sonnenlicht war auf angenehme Art aggressiv, Mr. Haskard tappte neben ihr den Flur entlang und zeigte bemerkenswert wenig körperliche Zurückhaltung.

Wenige Minuten, nachdem er es vorgeschlagen hatte, trug sie die Küchenstühle und den Tisch hinaus auf den Rasen hinterm Haus. Nick und sie hatten das Haus wegen des Gartens gekauft – wegen der trägen, ungepflegten Rasenfläche, die sie an ländliche englische Gartenparties denken ließ, und an mehr Geld und Sicherheit, als man innerhalb einer Generation anhäufen konnte. Tatsächlich war ihr Garten gar nicht so schrecklich groß, aber er war groß genug, der Phantasie viel Spielraum zu gewähren und eine ganze Menge Möbel zu vertragen.

Mr. Haskard strich durchs Gras und brachte Papierkörbe,

Stehlampen, einen zufälligen Querschnitt dekorativer Objekte in Stellung. Ihre Einrichtung sah im Sonnenlicht müde und albern aus, zu steif, zu langweilig.

»Jetzt verstehen Sie's.« Sie bemerkte, daß er die Enttäuschung in ihrem Gesicht gelesen hatte. »All diese Dinge: sie bieten keinen Schutz, nicht im Angesicht der Natur. In diesem Land ist unsere Umwelt im Augenblick freundlich; wir können uns einbilden, daß sie gezähmt und geduldig ist. Aber wenn wir unsere Inneneinrichtung nach draußen tragen, dann sehen wir, wie kraftlos und tot unsere Bemühungen und unsere Schutzmaßnahmen sind.«

»Ja, Mr. Haskard, finde ich auch.« Sie setzte sich auf einen ihrer verpflanzten Stühle und spürte, wie er ins Erdreich einsank.

»Möchten Sie ein Stück Birne?«

Mr. Haskard hatte eine vielversprechende Frucht aus der Schale zu seinen Füßen genommen und teilte sie mit einem Taschenmesser.

»Danke.«

Die weiche Birnenspalte war süß auf der Zunge, mit einem winzigen salzigen Schauer, dort, wo sein Daumen sie berührt haben mußte.

Die Sonne sank spät und ganz langsam für sie, brannte auf den Stuhllehnen und schlug Funken aus den kristallenen Milchkännchen, die Mr. Haskard auf den Tisch gestellt hatte. Bevor es dunkel wurde und bevor Nick zurückkehrte, wußten sie beide, ohne ein Wort zu sagen, daß alles wieder an seinen üblichen Platz kommen sollte. Wärmer als vorher und nach Gras und frischer Luft duftend, aber an seinem üblichen Platz.

Sie ging hinter Mr. Haskard, während er den Brotkasten aufhob, der in der Nähe der Hecke stand. Ihre schmalen Schatten eilten ihnen voraus und hatten eher die Farbe feuchter Erde als von Dunkelheit.

»Sehen Sie.« Ihre Stimme hielt ihn auf, hielt ihn fest, bis er sich schließlich umdrehen und sie ansehen konnte. Der Gehorsam in seinem Blick erschreckte sie, und sie wiederholte, »Sehen Sie.«

»O ja. Unsere Schatten.«

»Aber sehen Sie sie mal an.«

Das tat er, ruhig, bedächtig, mit einer Hand über den Bart streichend. »Sagen Sie es mir.«

»Ja.« Sie wollte sich für ihn ganz klar ausdrücken, um seiner Ausdrucksweise zu entsprechen, um ihn darin zu treffen. Sie hatte bemerkt, daß sich seine Sätze genauso angenehm anfühlten wie ihre eigenen in ihren Gedanken. »Also, ich sehe mich selbst dort, ich werde durch die Zeit gezogen, ich weiß nicht wohin. Ich sehe, wie fremdartig und wie dehnbar ich sein kann. Ein bißchen Sonne kann mich auf dem Rasen ausbreiten wie ein Eimer Farbe.« Sie bemerkte, daß er zum Zuhören die Augen halb geschlossen hatte. Nur ihre Stimme war im Dunkel bei ihm. »Und das macht sehr deutlich, wie klein ich bin, und wie winzig jegliches Risiko bleibt, egal, welches ich auch eingehe. Und wie leicht es deswegen ist.«

Er nickte, nahm ihre Erkenntnis hin, und betrachtete den parallelen Fortschritt der beiden Gestalten, die sie auf den Rasen warfen. »Ich sehe die Zeit.« Er ging aufs Haus zu, blieb dann stehen und sagte, ohne sich umzudrehen, »Ich sehe die Zeit immer. Und ich glaube, ich gehe lieber so, mit dem Rücken zur Sonne, und sehe die Zeit sich vor meinen Füßen ausbreiten, damit ich begreifen kann, was ich bin. Damit ich mich selbst in Relation setzen kann. Das gefällt mir. Ich danke Ihnen.«

Mr. Haskard verließ sie alle zwei, drei Monate für ein paar Tage, nicht ohne ihnen höflich Bescheid gegeben zu haben. Sie spürten seine Abwesenheit auf unterschiedliche Weise, und es war überraschend, wie groß sein Einfluß war, selbst, wenn er weg war.

An solchen Tagen sprachen sie und Nick mehr miteinander als sonst, und noch dazu hörten sie einander womöglich ganze Sätze lang zu. Nick kam pünktlich nach Hause und nicht wie sonst lange nach dem Ende seiner Abendkurse, nach Zigaretten, Gin und Schweiß riechend. Ab und zu hatte er ihr Grund zum Mißtrauen gegeben. Aber nicht an diesen Tagen.

»Komm.«

»Nicht hier.«

»Warum nicht? Er ist weg. Los, komm. Früher haben wir es auch nicht immer im Schlafzimmer gemacht.«

»Das war zwar eine Lüge, aber eine attraktive.« Sie schüttelte immer noch den Kopf, aber sie lächelte, als sie aus seiner Umarmung schlüpfte.

»Warum nicht?«

Sie ging rückwärts durch die Tür und in den Flur, schaute ihm weiter in die Augen und stellte sich vor, wie seine Gefühle sich ihr zuneigten, wie er reagieren würde. »Nicht hier, oben.«

»Ach nein.«

»Doch, gleich da oben.«

Sie sah, wie Nick begriff, wie er zu lächeln begann.

Mr. Haskards Türen waren schnell geöffnet – sie hatte den Zweitschlüssel. Sie schlichen durch sein staubfreies, aufgeräumtes Arbeitszimmer, bemerkten kaum die Bücher, die von ihm stammten, die kleinen, farbigen Bilder, die an seinen Wänden hingen. Sie drängte weiter, öffnete die Tür zu seinem Schlafzimmer, das einfach und friedlich dalag.

Sie wußte nicht, wieso, aber sie setzte sich auf Mr. Haskards nackten Ankleidetisch und wartete darauf, daß Nick sie ansah.

Der Tisch war von seltsam passender Höhe. Nick entdeckte, daß ihr Kleid von einer großen Zahl winziger Knöpfe vorne zusammengehalten wurde.

Sie vollzogen den notwendigen Akt mit Leichtigkeit und ließen sich dabei von ungewöhnlich heftiger Leidenschaft ergreifen. Sie nahm Nick in die Arme und in ihr Selbst; sie schloß die Augen und atmete Mr. Haskards warmen, rauhen Duft ein, der natürlich seine Zimmer erfüllte.

Eine ganze Zeit machte das einen großen Teil ihres Intimlebens aus. Wenn Mr. Haskard sie verließ, nutzte sie in seiner Abwesenheit seinen Wohnraum; sie nahm vorsichtig seine unbewußte Einladung an.

Nick dachte immer daran, hinterher ein Fenster zu öffnen

und den verräterischen Hauch von Schweiß gründlich zu vertreiben, und sie gab acht, daß sie nichts zurückließen, was sie mit hereingebracht und dann herumliegen lassen hatten.

Wenn Mr. Haskard zu Hause war, genoß sie weiterhin seine Gesellschaft und dachte – ab und zu – gerne daran, wie sich ihre entblößte Haut an seinem Türrahmen, an seiner Tapete, an seinem Ankleidetisch, an seinem Kleiderschrank und an seinem Schreibtisch anfühlte.

»Darf ich Sie etwas fragen, Mr. Haskard?«

»Ja.«

»Wohin fahren Sie? Wenn Sie wegfahren.«

»Ich fürchte, ich verstehe nicht ganz.«

»Wenn Sie uns verlassen; Ihre kurzen Reisen. Wenn Sie die Frage gestatten. Ich weiß natürlich, daß es mich gar nichts angeht.«

»Aha. Wo fahre ich hin – das ist ganz leicht: ich fahre mich entschuldigen.«

»Entschuldigen?«

»Ja, entschuldigen. Darum fahre ich weg. Soll ich es Ihnen zeigen? Ja. Ich glaube, das sollte ich.«

Er forderte sie auf, ihr den Flur hinunter zu folgen und lief dann die Treppe hinauf. Sie folgte ihm. Seine Tür war nicht verschlossen, und er öffnete sie mit einer leichten Drehung des Handgelenks und einem sanften Stoß.

»Kommen Sie herein. Ich war wohl ein bißchen schnell, oder?«

»Nein, nein.«

»Aber Sie sind außer Atem.«

»Dann waren Sie vielleicht schneller, als ich dachte.«

»Sie sollten Sport treiben.«

»Damit habe ich schon angefangen.«

»Gut, gut. Sollten wir alle. Bitte, kommen Sie herein.«

Sie ging mit ihm hinein und bemerkte die ungewohnten Anzeichen seiner Anwesenheit.

»Ich wollte Sie nicht stören.«

Seine Lampe leuchtete in einem weichen Winkel von der Decke, sein Pullover war locker über eine Stuhllehne gehängt.

Der Schreibtisch lag voll mit Papieren und einer teilweise gefalteten Landkarte. Sie fühlte sich wie eine Fremde, als sie die starken, neuen Düfte von frischer Wäsche, Rasierwasser und warmer, ungewohnter Haut einatmete.

»Sie arbeiten – ich will Ihnen nicht Ihre Zeit stehlen.«

»Das tun Sie nicht. Nicht mehr, als ich möchte. Und niemand kann immer nur arbeiten. Kommen Sie her.«

Seine Hand streckte sich mit einer fließenden, schweren Bewegung nach ihr aus, und sie trat darauf zu, fühlte den ruhigen Druck seiner Finger, den Zug. Als sie neben ihm stand, ließ er sie wieder los und sprach.

»Da fahre ich hin.«

Sie verstand ihn nicht gleich, weil sie ihm ins Gesicht schaute.

»Hier. Da fahre ich hin.«

Er nickte in Richtung der Bilder an der Wand und lächelte gemessen.

Fotografien. Gradlinige, rechteckige, normale Fotografien von unebenen Feldern oder Hügeln, seltsam körperlosen Gebäuden. Jedes der Bilder war von einer gewissen Leere, als sei er zu spät gekommen, um das Innere, das Herz der Szenerie zu erhaschen.

»Das ist nur eine Auswahl. Ich fahre sehr weit herum.«

»Aber da ist doch nichts.«

»Wahrscheinlich nicht – nicht mehr – aber darum fahre ich ja hin. Hier, dieser Turm, den Sie gerade anschauen, der ist in York. Er wurde erbaut, um einen hölzernen Turm zu ersetzen, in dem man die Juden der Stadt verbrannt hat. Hier: Folter und Hinrichtung walisischer Widerstandskämpfer gegen die englische Besatzung. Hier: ein höchst vermeidbares Grubenunglück. Hier: die Hinrichtungen nach dem Blutgericht von 1685. Die Leute erinnern sich an diese Dinge, und die Namen und Orte lassen sich herausfinden.«

»Warum?«

»Das hier ist in der Nähe meines Geburtsortes: der Teich, in den der Große Hexenjäger Matthew Hopkins geworfen wurde, an Händen und Füßen gefesselt. Er blieb an der Oberfläche, also haben sie ihn als Hexe verbrannt, so wie Hunderte, die er verurteilt hatte. Ein wunderschönes Plätzchen. Ich fahre immer mal wieder hin, aber nicht so oft, wie ich möchte. Keine Zeit.«

»Warum tun Sie das?«

»Weil ich weiß, was diese Orte waren; ich weiß, was dort passiert ist. Ich bin nicht mehr ganz sicher, wie es angefangen hat, aber jetzt weiß ich es, und ich muß einfach Widerspruch einlegen. Ich kann mich an nichts anderes erinnern, womit ich so wenig einverstanden gewesen wäre. Darum fahre ich dahin, wo ich hin muß, ich spreche mit allen Leuten, die mir zuhören wollen, und dann wissen wir alle Bescheid. Außerdem mache ich Fotos und bete.«

»Nützt das denn irgendwas?«

»Ja. Ich verschaffe mir selbst Zufriedenheit. Ich hoffe, daß ich auch noch nach Afrika, nach Indien, nach Nord- und Südamerika reisen kann. Es gibt so viele Orte und so viele Ereignisse, und es werden natürlich immer mehr, und niemand hat sich jemals in aller Form dafür entschuldigt. Es kann gut sein, daß ich bis zu meinem Tod beschäftigt sein werde. Ich kann in dieser bösen Gegenwart keinen Trost finden, ich spüre ständig den Schmerz und das Unrecht, das mich umspült. Vielleicht komme ich auch nie von dieser Insel herunter. Es gibt hier so viel, was noch in Betracht kommt. Und vielleicht sollten wir jetzt wieder nach unten gehen. Es ist so ein schöner Tag, ich möchte auf keinen Fall die ganze Sonne verpassen.«

Sie sah ihm zu, wie er einen Stuhl in den Garten hinaustrug und sich darauf setzte; wie er langsam und vorsichtig die Ärmel seines Hemdes an seinen dünnen Armen aufrollte; und ihr fiel auf, wie seltsam es war, daß man das ganze Unrecht, das er im Kopf haben mußte, nicht sehen konnte. Er war immer nur friedlich.

Als sie Nick das nächste Mal in Mr. Haskards Zimmer in die Arme schloß, zuckten ihre Augen zu den Fotografien, die beim Bett aufgehängt waren. Sie dachte einen Moment an die Fahrt, die er heute morgen von ihrem Haus weg unternommen hatte – zu dem Marktplatz, wo auf eine friedliche Menschenmenge geschossen wurde – nach Glencoe, voll mit Politik und Tod – zu zwei englischen Besatzungsforts – dann nach Inverness und dem Schlachtplatz Culloden, wo noch mehr von dem Schmerz und der Dunkelheit alten Blutes auf ihn wartete. Mr. Haskard hatte ihr seine Route erläutert. Er hatte auch von seiner Hoffnung gesprochen, unterwegs die Schönheit der zur Verfügung stehenden Landschaft zu genießen.

»Was ist los?«

Nick war manchmal wirklich sehr aufmerksam, sogar jetzt, wo er sie in den Armen hielt und sich anscheinend in der Realität und der Phantasie ihres Bildes im Spiegel eines anderen Mannes verlor.

»Ach, ich habe nur an Mr. Haskard gedacht, wie lange er wohl weg sein wird.«

»Tatsächlich.«

Obwohl ihre Antwort beinahe der Wahrheit entsprochen hatte, schien sie Nick zu mißfallen. Er hatte sie offenbar falsch interpretiert, ihr eine andere Bedeutung verliehen.

»Wir müssen uns um ihn keine Gedanken machen.«

»Nein. Natürlich nicht.«

»Dies ist unser Haus.«

»Und sein Zimmer.«

»Genau, und sein Bett.«

»Nicht. Nick.«

»Wir haben ihm ein Doppelbett hineingestellt – das braucht der arme Kerl doch gar nicht. Warum nicht?«

»Es ist … es macht Probleme.«

»Um die können wir uns hinterher kümmern.«

Sie wusch und trocknete Mr. Haskards Bettwäsche, machte sein Bett, legte seinen zusammengefalteten Pyjama wieder sicher unters Kopfkissen. Er mußte noch einen zweiten für die Reisen besitzen. Oder er schlief nackt, wenn er nicht bei ihnen war.

Als sie ihre Hände vors Gesicht hielt, rochen sie nach Baumwolle und Nacht und dem sicheren Gefühl, daß sie Mr. Haskard nie erzählen würde, was sie getan hatte, auch wenn er es wahrscheinlich erraten könnte.

Nick ging seinen Abendkurs unterrichten und blieb lange weg – in eine Diskussion versunken, zu interessant, um sie abzukürzen.

Sie merkte erst, daß sie nicht auf Nicks Rückkehr gewartet hatte, als er sich kühl an ihre linke Seite legte und ihre Unruhe blieb.

Drei Stunden später öffnete sich knackend und seufzend die Haustür. Mr. Haskard kam nach Hause. Sie richtete sich auf, hellwach, und lauschte seinen schnellen, leichten Bewegungen auf der Treppe, erst unter, dann neben und schließlich über ihr, dem sanften Absetzen einer Reisetasche. Mr. Haskard knarrte sacht ihre Zimmerdecke entlang, wurde still und ließ sie fast einschlafen, bevor er die Treppe wieder hinunterstieg. Alles, was ihr einfiel, war, daß er ihr Eindringen bemerkt hatte und seine Wohnung verlassen wollte.

Die Küchentür war zu, als sie dort ankam; eine große, betäubende Dunkelheit empfing sie, als sie hineinging. Sie mußte sich doch verschätzt, verhört haben. Mr. Haskard schlief sicher oben wie üblich – nur ihre Schuldgefühle hatten ihr etwas anderes vorgegaukelt.

»Machen Sie doch die Tür zu.«

Sie fuhr herum und fühlte ihre Hand plötzlich gegen das Holz schlagen.

»Das tut mir leid. Ich dachte, Sie wüßten, daß ich hier bin.«

»Mr. Haskard?«

»Bestimmt kein Eindringling. Das haben Sie doch wohl nicht geglaubt?«

»Nein.«

»Gut.« Er flüsterte nicht, seine Worte hatten einen gleichmäßigen, tiefen Klang. In der absoluten Schwärze war dieser Ton fast körperlich. »Wenn Sie einen Schritt nach vorn und ein wenig nach links machen, kommen Sie zu einem Stuhl. Wenn Sie sich darauf setzen, bin ich neben Ihnen. Vorsicht mit dem Tisch!«

»Es ist so dunkel.«

»Ja, ich habe die Jalousien heruntergelassen und die Vorhänge zugezogen. Es muß ganz dunkel sein.«

»Für Ihre Fotos?«

»O nein. An deren Entwicklung habe ich nicht das geringste Interesse. Das hier ist etwas anderes. Sehen Sie her.«

Sie lauschte, wie Mr. Haskards Hände in ihrer Nähe leicht die Luft bewegten, spürte einen winzigen Schauder. Dann hörte sie einen plötzlichen, weichen Aufprall und sah einen Spritzer violetten Lichts. Noch ein Schlag, noch ein Leuchten.

»Was tun Sie da?«

»Zucker zerschlagen.«

»Nein, ich meine, was tun Sie?«

»Zucker zerschlagen, habe ich gesagt. Hier – da, das ist der Hammer. Jetzt –« Etwas wurde zu ihr herübergeschoben. »Das ist ihr Brotschneidebrett, können Sie es fühlen?«

»Oh.«

»Ja, und das ist der Zucker, und da ist ein Würfel, den ich noch nicht zertrümmert habe.«

»Aber –«

»Sschh. Merken Sie sich, wo er liegt, und dann bewegen Sie die Hand. Schlagen Sie drauf. Schlagen Sie fest drauf.«

Sie traf mit dem Hammer einige verstreut liegende Bruchstücke und setzte ein paar schwache lila Funken frei.

»Nein, erinnern Sie sich, wo er liegt. Jetzt.«

Die winzige Explosion flammte einen Moment auf und ließ dann die Finsternis vor ihren Augen erblassen.

»Das habe ich immer unheimlich gern gemacht, schon als kleiner Junge. Ich habe den Leuten zugeschaut, wie sie ihren Tee umrührten und gedacht, ich kenne ein Geheimnis – daß der Zucker nicht bloß süß ist.«

»Es ist nicht der Zucker, es sind die Kristalle. Die Struktur. Wenn Sie einen Kristall zerbrechen, wird Licht frei.«

»Das macht die Sache noch besser. Ein Gesetz – unter höchstem Druck wird plötzlich und unerwartet Licht. Niemand kann die Naturgesetze ignorieren.«

»Mr. Haskard, ich denke, Sie sollten wissen –«

»Ich weiß.« Seine Finger fanden ihre Hand, drückten sie ruhig und hoben sich wieder hinweg. »Ich weiß es, und ich verstehe es gut.« Der schwache Schub und die Hitze seiner Worte prallten auf ihre Wange. Sie griff in die stumpfe Dunkelheit und erlaubte sich, den Wechsel vom weichen Haar über seinen Ohren zu den rauhen Bartstoppeln auf der Haut, auf dem Muskel seiner Wange zu erforschen. Als er schluckte, bewegte sich der Muskel. Eine größere Bewegung setzte ein, als Mr. Haskard sprach. »Das ist schon in Ordnung, wirklich. Ich weiß es.«

Sie hörte sich selbst ausatmen, einen langen, lebendigen Augenblick lang, und sie schwankte, als ein Gewicht sich unter ihrem Herzen löste. Die Sache war jetzt ganz einfach und klar; Mr. Haskard und sie würden zusammen Zucker zerschlagen und Zuckerstaub erzeugen. Der würde den Fußboden, die Tischplatte, ihre Hände und ihre Kleider mit einer süßen Schicht überziehen, würde ihnen sogar ins Gesicht stauben und ihre Lippen versüßen, was allerdings nur ein kleine, wasserlösliche und leicht zu beseitigende Unannehmlichkeit wäre. Ein Morgen nach einer Zuckernacht mußte sich nicht von einem Morgen nach ungestörtem Schlaf unterscheiden. Sie hatten keinen Grund, unfreiwillige Spuren zu hinterlassen.

»Ich habe zufällig noch etwas Zucker da. Wollen Sie weitermachen?«

Sie hörte Mr. Haskard vorsichtig atmen, wie eine Großkatze, die in der Nähe lauert, und sie wußte, daß sie das Brotschneidebrett ganz einfach abwaschen und jede Spur von Süße entfernen könnte. Sie wußte auch, daß sie das niemals tun würde.

Schon ein Buchstabe konnte alles vermasseln, das wußte er jetzt. Ein einziger.

»Na ja, ich bin vor zehn Jahren hergezogen.«

Es war so schrecklich, erfreulich einfach gewesen, das zu sagen: »Na ja, ich bin vor zehn Jahren hergezogen.«

Es hatte nur ein bißchen lang gezischt beim *v*, ein winziges Stolpern, das ein Zeichen für Stottern hätte sein können, oder für ein kurzes Zögern, um die Zahl der Jahre zu erinnern. Niemand, der ihm zuhörte, hätte erraten können, daß der eigentlich beabsichtigte Satz »Na ja, ich bin verheiratet, und meine Frau ...« hätte lauten sollen. Innerhalb eines Konsonanten war alles anders geworden.

Er hatte in der Käseschlange gestanden. Seine tolle Idee: zum Käseladen zu gehen, zum Spezialisten. Obwohl ihm solche Läden auf die Nerven gingen und ihn daran erinnerten, daß es auf der Welt zuviel Geld gab, das für zu viele sinnlose Dinge ausgegeben wurde, hatte er sich doch zu diesem Fachgeschäft aufgemacht, wo nichts als Käse und Käseähnliches feilgeboten wurde, um zu Weihnachten etwas Schönes zu kaufen. Etwas Besonderes. Natürlich hatten auch noch dreißig andere Menschen diese Idee gehabt und standen jetzt quer durch den Laden und aus der Tür und auf dem Bürgersteig entlang Schlange, und alle versuchten sich irgendwie vor dem Schneeregen zu verkriechen. Es gab zwar eine Markise, aber die nützte wenig. Und bei diesem Anblick hätte er einfach umkehren und nach Hause gehen sollen, aber aus irgendeinem Grund tat er es nicht.

Statt dessen schlug er den Kragen hoch und starrte wie alle anderen auch in das Schaufenster des Käseladens, wo die Käseverkäufer geschäftig und ein wenig hochnäsig in ihren weißen Gummistiefeln, weißen Kitteln, weißen Mützen herumliefen. Daß er selbst gar nicht so gern Käse mochte, daß seine Handschuhe warm und sicher im Auto lagen, daß die Wartezeit höchst unangenehm zu werden versprach – all das focht ihn nicht an. Ganz im Gegenteil, es verschaffte ihm eine Art perverse Befriedigung: eine seltene Gelegenheit, eine unangenehme Pflicht zu erfüllen, die er sich selbst auferlegt hatte.

Diese Befriedigung übte einen positiven, fröhlichen Druck in seinem Brustkorb aus, weshalb er sich umdrehte und zu niemand Bestimmtem sagte, »Sie sehen aus wie Zahnärzte, oder?« und dann lächelte.

»Ja, wie Zahnärzte. Oder vielleicht Tierärzte. Käseärzte.«

Und er hatte am Rande bemerkt, daß eine Frau im Schaufenster mit einem Draht glatt ins weiße Herz von was auch immer schnitt, aber vor allem hatte er diese Frau bemerkt, die hinter ihm in der Schlange stand, die er noch nie gesehen hatte, und dann hatte ein Gedanke in seinem Kopf leise, aber unmißverständlich gesagt, *Mein Gott, was hat sie für eine wunderschöne Stimme.* Dieser Gedanke war so selbstbewußt und hungrig gewesen, wie er es immer sein wollte, aber nie ganz hinbekommen hatte.

Obwohl es nicht ganz richtig war, was der Gedanke sagte – ihre Stimme war vollkommen.

Wenn er sich konzentrierte, konnte er sie jetzt beinahe hören: er lag wach – wie üblich – und grinste wie die Mondsichel, weil er sich den Geschmack ihres *vielleicht* und ihres *ja* vorstellen konnte.

Sein rechter Arm, der im Bett am weitesten von Karen entfernt war, sein unehelichster Arm also, war gekrümmt, so daß sein Handgelenk genau unter seinem Kopf zu liegen kam. So war er wenigstens auf bequeme Weise schlaflos. Er versuchte zu atmen, als sei er nicht bei Bewußtsein, als würden seine Gedanken nicht hilflos im Kreis hüpfen, als würde er nicht die Augen öffnen und schließen und in beiden Fällen nichts sehen und sich entscheiden, welches Nichts besser als Hintergrund taugte, um sich eine Frau vorzustellen, die nicht Karen war, die ganz und gar nicht seine Frau war.

Ein dunkler Mantel, dunkel vor allem vom Regen, aber auch vernünftig und warm – seine Gedanken schweiften zum seidenen Futter, aber er rief sie zurück – ein goldfarbener Schal, der übers Kinn gezogen war – das gefiel ihm – und dann eine von diesen schrecklichen Vliesmützen für Bergsteiger, die aber in diesem Fall ganz phantastisch ausgesehen hatte, weil es ihre Mütze war und weil sie auf ihrem Kopf saß.

Er war sofort unvorstellbar und unsterblich bezaubert. Diese Wahrheit ließ seinen Atem kurz anschwellen und ihn dann seufzen.

»Greg, *bitte.*« Und damit meinte Karen nicht, »Greg, *bitte* quäl mich jetzt mit deiner überquellenden Männlichkeit, und hör die ganze Nacht nicht auf, bis ich in Zungen rede.« Sie meinte vielmehr, trotz ihres Halbschlafs sehr entschlossen, sie war immer sehr entschlossen, »Greg, *bitte* schlaf jetzt entweder ein oder geh ins Gästezimmer, und laß mich in Ruhe schlafen, ich muß nämlich morgen früh raus und arbeiten, genauso früh wie du.«

Also rutschte er, ganz der pflichtbewußte und rücksichtsvolle Partner, aus dem Bett, stützte sich auf einen Arm und aufs Knie und stand dann schwankend auf und ging hinaus. Es war auch schon vor der Sache in der Käseschlange passiert, daß er in mitternächtliche Verbannung geschickt wurde: Greg schlief schon seit Monaten nicht richtig. Das dumpfe Rascheln des Kopfkissens an seinen Ohren rief in ihm die Vorstellung von Särgen wach, und Schläfrigkeit verursachte oft das morbide Gefühl, unruhig in ein seltsam klebriges Grab hinabzusinken. Er hatte nachts Schweißausbrüche.

Als er Karen gegenüber scherzhaft am Frühstückstisch erwogen hatte, eine viktorianische Grabklingel könnte ihm vielleicht helfen, fand sie das nicht sehr witzig. Er hatte trotz seiner extremen Müdigkeit versucht, den Gedanken spielerisch weiterzuspinnen und gemeint, er müsse sich vielleicht nur einen Faden um den Finger binden und hoffen, daß sein Unterbewußtsein überzeugt sein werde, damit eine Glocke betätigen zu können, mit der man in vorsichtigeren Zeiten voreilige Grablegungen verhindert hatte.

»Du solltest es mal wieder mit den Tabletten versuchen – den Rhythmus durchbrechen.«

»Von den Tabletten bin ich tagsüber eingeschlafen. Ich kann es mir nicht erlauben, im Büro mit dem Kopf auf der Schreibtischplatte entdeckt zu werden. Die Leute würden denken, in meinem Leben gäbe es Aufregendes zu entdecken.«

»*Gibt* es wahrscheinlich auch. Es hat eben bloß nichts mit meinem Leben zu tun.« Das sagte sie zwar in leichterem Ton, aber ihre Augen nagelten ihn einen Moment lang fest, bevor sie den Toast im Backofen umdrehte. »Wir brauchen einen Toaster.«

»Ich werde einen besorgen.«

»Das vergißt du sowieso. Du vergißt es immer.«

»Ich werde einen besorgen. Gleich morgen: heute habe ich keine Zeit.«

»Mm hm.«

Greg haßte dieses Geräusch: Mit diesem passiv-aggressiven kleinen Brummen schnitt sie jedes Gespräch ab und stimmte zu, ohne tatsächlich zuzustimmen.

»Mm hm.«

Anderswo, zu anderer Zeit jedoch war es ein gutes Geräusch. In jenem Moment an jenem Ort war es sogar das allerbeste gewesen. »Mm hm. Sie könnten tatsächlich Tierärzte sein … Ja.«

Er breitete seine Glieder in der Kälte des Gästebetts aus und erinnerte sich an die erschreckende Pause, die an dieser Stelle in der Unterhaltung eingetreten war: Sie hätte an dieser Stelle auch ins Stocken geraten und abbrechen können, dann hätte er sich wieder der Schlange zugewandt, hätte seinen Kopf wieder in den stinkenden Sumpf seiner Nächte und Tage eintauchen lassen. Er war ganz sicher gewesen, so sicher, daß seine Ohren schmerzten, daß er unausstehliche, nicht wasserdichte Schuhe trug, daß sein letzter Haarschnitt unsauber geraten war und im nassen Zustand besonders furchtbar aussehen würde, und daß an den unmöglichsten Stellen in seinem Gesicht Regentropfen hingen – wie unerwünschte Ohrringe, Tränen, oder Schnupfen: aber er hatte sich gerade gehalten, hatte das Kinn gehoben – seine eigene düstere Oberfläche durchstoßen und verstohlen eingeatmet. Und als er ihr blinzelnd ins Gesicht sah, begriff er, daß sich möglicherweise tatsächlich alles zum Guten wenden könnte. Vielleicht würde er ganz ohne Beschädigungen und Verlust das bekommen, was er sich wünschte, denn sie lächelte, sie lächelte nur für ihn.

Greg kramte hastig in seinen Taschen nach einem zerfasernden Papiertaschentuch, das sich rasch in einen grauen Klumpen verwandelte, »Gott, was für ein Wetter«, und tupfte sich das Gesicht ab. Dabei betete er inständig, daß sich seine nächste Äußerung nicht ganz so hirnlos anhören möge.

»Ja, aber es wird sich lohnen.«

Und er begriff, daß sie vom Käse redete und nichts anderes meinte, als daß das Warten auf den bescheuerten Käse sich lohnen werde, aber er mußte doch schlucken, eine Hand mit der anderen festhalten und einen Schritt nach hinten machen: »Ja. Bestimmt. Hoffe ich. Doch bestimmt. Natürlich. Ja.« Und dann stieß er ein hustendes, ganz und gar – um Gottes willen! – kuhmäßiges Lachen hervor.

»Ich vermute, keiner von uns kauft normalerweise hier ein – es liegt bloß an Weihnachten, oder?«

Sie feiert Weihnachten also alleine, oder mit jemand anderem zusammen, der ihr Gesicht berühren darf.

»Es kann doch nicht *ausschließlich* an Weihnachten liegen ...« *Widersprich ihr nicht – was zum Teufel soll das?* »Sie müssen doch ab und zu irgendwelche Kundschaft haben – ich meine, sie haben immer noch geöffnet ...« *Oh, was für eine prickelnde Bemerkung! Verdammt großartig.*

»Vielleicht sind sie nur eine Tarnadresse für die CIA.«

Danke, Gott. Danke. »Ja, jetzt, wo Sie es sagen, ich habe einmal gesehen, wie sie einen Ladendieb erschossen haben …«

»So eine richtige Hinrichtung mit Schalldämpfer?«

»Genau. Ganz professionell.«

»Na, dann ist ja alles klar. Ganz sicher CIA. Oder MI5.«

Ich möchte an ihr lecken. Jetzt. Den Regen von ihren Augen. Einfach lecken. »Und Sie meinen trotzdem, wir sollten ihnen unser Geld in den Rachen werfen?«

»Ja. Aber nur, wenn sie uns Käse dafür geben.«

Damit waren sie offiziell in eine Unterhaltung eingetreten: über die Absurdität des Weihnachtsfestes, über Urlaubsreisen in tropische Länder, die sie beide nicht unternehmen wollten, über das Nahrungsmittel Käse, welches recht seltsam war, wenn man mal drüber nachdachte.

»Ich meine, Käse – so was kann doch nicht einfach zufällig entstehen.« Er fühlte sich wärmer, größer, er spürte, wie das Schicksal ihm einen guten, einen sehr guten Plan um die Schultern legte. »Käse.« Seine Zunge bewegte sich äußerst geschmeidig, als bedeute jedes Wort mehr als sonst. »Wer soll sich das ausgedacht haben – wer kann gewußt haben, wie das geht?«

»Ja, genau, es ist wie mit der Hefe beim Brotbacken, oder mit Baiser – vor allem Baiser. Wer kann sich um Himmels willen vorstellen, daß so etwas mit einem Eiweiß passiert, wenn man es lange genug prügelt?«

»Ich glaube, *schlagen* ist der korrekte Ausdruck.« Dabei dachte er, »Aber prügeln ist natürlich deutlicher«, *konnte* gar nicht anders als denken, »Es muß irgendwann ein Untergegangenes Baiserzeitalter gegeben haben«, daß Eiweiß so sehr wie Sperma aussah, sich so sehr wie Sperma *anfühlte.*

Sperma. Seine Gedanken wanderten furchtlos überallhin, und er folgte ihnen frohgemut. Es war schon fast erschreckend. Er amüsierte sich tatsächlich.

Was sie wohl für Geräusche macht, wenn sie kommt.

»Das Baiserzeitalter.« Sie berührte ihn kurz und zustimmend am Arm. »Natürlich. Das Untergegangene Baiserzeitalter. Eine

Epoche des Friedens und der ziellosen Experimente mit Lebensmitteln.«

Ich werde hören, was sie für Geräusche macht, wenn sie kommt. Ich werde dabeisein, ich werde sie hören, ich werde sie sehen. Ich muß.

Noch nichts passiert, bloß Gedanken.

Seine Augen hatten sich geschlossen, und er bekam sie einfach nicht mehr auf. *Unterm Knie, an jenem Schwung der Wade, wäre Schweiß. Und zwischen den –*

»Übrigens, Ihr Akzent ... Wenn Sie mir die Frage erlauben, wo kommen Sie her?«

Greg zog langsam die Augenlider auseinander: Er stellte sich mit verhangenem Blick die Form ihrer Schenkel vor, ihren nackten Hintern, wie er in seiner Hand lag; und er sah ihr Gesicht. Ihre Augen trafen seine, und sie schien seinen Blick aufzusaugen, während er versuchte, ein Satz zu bauen: »Oh, ich ... mein Akzent? Ich habe früher in England gelebt.«

»Aha, Engländer – das habe ich mir gedacht. Und Sie sind noch nicht lange hier?«

Ganz kurz flackerten sein Gewissen und seine Ungeduld am hinteren Rand seines Hirns auf, und bevor er recht nachdenken konnte, hatte er gesagt, »Na ja, ich bin *v*or zehn Jahren hergezogen«, und das war noch nicht einmal gelogen.

Und danach gab es kein Halten mehr, sein Wille reichte nicht einmal für ein kurzes Innehalten. Als sie im Inneren des Ladens angelangt waren, wagte er schon die Vorstellung – eine Art Probe – daß er mit seiner Freundin einkaufen sei, mit seiner Sexualpartnerin, mit einer Frau, die ihn nicht angewidert ansehen würde, wenn er sie bat, seinen Schwanz zu lutschen, um ihn dann in stummer Rache mit den Backenzähnen hin und her zu schütteln und schließlich seine Gabe zu schlucken, als wäre es ungewöhnliche Grausamkeit und nicht ein Teil von ihm.

Und Einkaufen war mit Karen auch nicht gerade aufregend: Es war genau wie alleine Einkaufen, nur langsamer und teurer. Es war eben etwas, was sie zusammen taten, was ihnen aber noch nie Spaß gemacht hatte. An jenem Tag in der Schlange war es ganz anders gewesen, als er mit einer anderen Frau einkaufen gegangen war.

»Das ist doch albern.«

»Was?« Sie hatte sich beinahe, beinahe gegen ihn gelehnt, während der Käseverkäufer je zwei Stücke vom jeweiligen Käse ihrer Wahl abschnitt – eins zum Selber-Essen und eins zum Tauschen und Probieren, hatten sie beschlossen. »Was ist albern?«

Greg neigte den Kopf und sprach ganz nah an ihrem Ohr, nah wie ein Kuß, und das war unter den gegebenen Umständen ganz in Ordnung, denn er hoffte, daß es ihr gefallen werde. »Daß wir uns jetzt schon die ganze Zeit unterhalten – eine halbe Stunde – und jetzt auch noch zusammen Käse kaufen –«

»Was etwas sehr Persönliches ist.« Es war ein Witz und doch ernst gemeint – das gefiel ihm. Das gefiel ihm sehr.

So verführt man jemanden, nicht wahr. Wer hätte das gedacht – daß ich noch weiß, wie das geht. Und jetzt ist genau der richtige Moment, vielleicht die letzte Gelegenheit, es auszuprobieren.

»Ja. Sehr persönlich.« Und Greg war es jetzt ganz ernst. »Aber wir kennen nicht einmal unsere Namen. Das kann doch nicht richtig sein.« Er beugte sich wieder vor, sprach ganz sacht, »Oder?«

»Amanda.«

»Wirklich? Das ist toll.« Denn er war plötzlich von der unsinnigen Furcht durchflutet worden, daß sie Karen oder so ähnlich heißen könnte. »Wunderbar.« Nicht daß irgendwas so ähnlich *war* wie Karen.

»Warum?«

»Oh ... ich weiß nicht – er paßt einfach. So in der Art. Ich bin Greg.« *Sag meinen Namen.* »So, dann kennen wir uns jetzt also, das ist schön.« *Sag meinen Namen.*

»Greg. Okay. Greg.«

Sag meinen Namen, wenn ich in dir bin, dann werde ich wahrscheinlich zu weinen anfangen.

Amanda wartete noch auf zweihundert Gramm Oliven – er mochte keine Oliven, aber sie durfte ruhig –, als er sie fragte:

»Übrigens, Ihre Telefonnummer weiß ich auch gar nicht.« Das ging zwar jetzt ein bißchen zu schnell, aber er mußte bald nach Hause: Er war praktisch jetzt schon zu spät dran, das samstägliche Abendessen blubberte sicher schon in der Mikrowelle. »Es ist nur so, ich würde Sie gern wiedersehen und einen Kaffee trinken –«

»Mich sehen *und* einen Kaffee trinken?«

»Na ja …« Er schaute auf ihren Mund. »Ja. Ich trinke gern Kaffee. Aber jetzt gerade kann ich nicht, ich muß … ich bin verabredet mit … niemandem.« Ein guter Mund. Ein wunderbarer Mund. »Aber ich muß eben … weg und deshalb … wenn ich Ihre Telefonnummer hätte, könnte ich Sie anrufen. Es ist doch der Herr, der die Dame anruft, oder? Das war doch richtig?«

Das sollte sie gar nicht zum Lachen bringen, aber Greg fand es natürlich großartig, daß sie lachte. »Der *Herr*? Sie sind also ein Herr?«

Er sah ihr prüfend in die Augen. »Manchmal.«

Sie zögerte gerade so lange, daß er große Freude daran hatte. »Okay.«

Amanda hatte einen Stift, aber kein Papier, und das Einwickelpapier war beschichtet und nahm die Tinte nicht an, also schob er begeistert den Ärmel hoch und ließ sie die Nummer auf die Innenseite seines Handgelenks schreiben.

Er behielt dieses Geheimnis den ganzen Abend bei sich, ganz egal, wie riskant es war, und nahm es sogar mit ins Bett. Das Kitzeln ihres Kugelschreibers ließ seine Haut stundenlang vibrieren, so daß er schließlich ins Gästezimmer schleichen mußte und sich dort auf die Bettdecke legte, steifer, als er seit Jahren gewesen war. Und dann hatte er fast eine Viertelstunde nur dagelegen, unter Schmerzen geatmet und sich darauf konzentriert, den Geruch ihres Haares zurückzurufen. Dann hatte er sich leise im Badezimmer eingeschlossen und war zweimal gekommen: das erste Mal in einem Nebel der Begierde, das zweite Mal melancholischer, leerer. Als er ins Bett zurückkehrte, war er ganz und gar allein. Er träumte kurz von einer unbestimmten Apokalypse und erwachte nach Luft schnappend mit dem Gefühl, ihre Kehle zu küssen.

Greg konnte dies Zimmer nicht mehr betreten, ohne daß eine Spur von jener Nacht durchsickerte, als wäre sie wirklich zu ihm gekommen und dies sei nun ihr Bett. Als hätte sich seine Einsamkeit in diesem Zimmer in Nichts, aufgelöst und nicht woanders.

»Ich möchte alles sehen.«

»Was?«

Nachdem er mit Amanda Kaffee getrunken und nachdem er mit ihr zu Mittag gegessen hatte, hatte er sich einen ganzen Abend freigeschlagen, nur für sich alleine. Sie hatten in Amandas Wohnung zu Abend gegessen, wobei seine Phantasie ständig Purzelbäume schlug, und dann war sie in die Küche gegangen, um den Nachtisch zu holen.

»Ich habe gesagt, ich möchte alles sehen.«

Er hatte eine Olive sachte zwischen Daumen und Zeigefinger hin und her gerollt, in der Hoffnung, daß er vielleicht Appetit auf das unangenehme Ding kriegen könnte, wenn er sie irgendwie sexy wirken ließ. Er hatte Amanda bloß einmal ein bißchen küssen können, seit er hier war, und vielleicht würde es ja auch dabei bleiben: Vielleicht fanden Frauen ihn nicht mehr attraktiv, wenn sie ihn näher kennenlernten, vielleicht war er zu alt geworden, er wußte es nicht, und er machte sich Gedanken. Aber dann hatte sie gerufen: »Ich möchte nicht, daß wir das Licht ausmachen.« Sie stand in der Tür und hatte zwei Teller mit Zitronenkuchen in der Hand. »Ich möchte nicht, daß wir die Augen zumachen oder uns unter der Bettdecke verstecken, als ob das alles nicht wirklich passieren würde. Ich möchte alles sehen.«

»Oh.« Er atmete aus und konnte nicht wieder einatmen und wollte keinen Kuchen.

»Habe ich was Falsches gesagt? Ich wollte nicht –«

»Ich möchte auch alles sehen.« So etwas würde er normalerweise nicht laut sagen. »Ich wollte …« Wahrscheinlich, weil es normalerweise auch gar keinen Zweck hatte.

»Du wolltest was?« Sie stellte die Teller auf den Tisch, und er wandte sich ihr zu. Sie kam auf ihn zu und blieb erst stehen, als ihre Knie seine berührten. »Ich habe nichts dagegen. Ich *glaube*, ich werde nichts dagegen haben – was?«

Mit gekrümmtem Finger streichelte er durch die Bluse ihren Bauch, ein sanfter Strich nach unten, spürte eine angenehme, aufgestaute Hitze, »Ich war mir nicht sicher ...«, und er begriff, warum sie ihn den ganzen Abend nicht berührt hatte, »Ich wußte nicht, wie ich es ausdrücken sollte ...«, sie hatte gewußt, wenn sie einmal anfing, würde sie nicht mehr aufhören können. Er hoffte, das war der Grund. Oder vielleicht hatte sie auch gewußt, wenn sie einmal anfing, würde *er* nicht mehr aufhören können. »Ich trete dir hoffentlich nicht zu nahe, wenn ich dir sage, daß ich dich schon das erste Mal, als wir uns gesehen haben, ficken wollte.« Sie legte ihre Hände hinter seinem Kopf zusammen, und er blickte zu ihr auf, und sein Mund gab Erklärungen ab, mit denen er nicht gerechnet hatte: »Wo wir uns jetzt ... so richtig kennen, glaube ich, daß ich dich mag, ich glaube, ich liebe dich wahrscheinlich, und ich möchte dich gerne lieben, aber ich möchte dich auch ficken. Ich möchte beides.«

Amanda küßte ihn auf den Kopf. »Das ist okay.«

»Du meinst, das ist okay?« Er flüsterte, um diesen Moment nicht zu vertreiben.

»Das habe ich gesagt, ja. Das ist okay. Möchtest du erst deinen Kuchen?«

»Nein. Will ich nicht, ganz bestimmt nicht. Nein. Will ich nicht.«

»Magst du keinen Zitronenkuchen?«

»Amanda, *bitte*.«

Sie hatten einfach nicht genug Zeit, nicht so viel, wie er gern gehabt hätte.

Ich hätte gern eine Woche. Sieben Tage, mit kurzen Unterbrechungen zur Nahrungsaufnahme, das würde ich mindestens brauchen, um mich daran zu gewöhnen, an sie zu gewöhnen. Ich meine, an jemand, an eine Frau, die ...

Seine Gedanken sprangen zu der langen Liste gewagter Dinge, die er ausprobieren wollte. Bei Amanda waren sie einfach selbstverständlich. Sie hatte sogar eine Meinung zu jeder einzelnen Praxis und gewisse kleine Angewohnheiten, was ihre Ausführung betraf. Jedesmal, wenn er sie schockieren wollte, schockierte sie im Gegenteil ihn und sezierte seine Lieblingsphantasien mit klinischer Begeisterung, mit ihrer Wirklichkeit. Und das, wo er schon abwehrend gezuckt hatte, als sie ihm das erste Mal einen geblasen hatte, obwohl sie es besser machte, als er es sich je vorstellen konnte, mit solch wunderschöner, seelenloser Hingabe. Sie tat ihm nicht weh, sie war nur genau richtig fest und nachgiebig zugleich, und mit ihrem Mund drückte sie ihm auch den letzten Rest Zurechnungsfähigkeit ab.

Sehr bald hatte Amanda ihn weit entfernt von allem, wofür er sich bisher gern gehalten hätte. Greg erinnerte sich, wie er den Duschvorhang zurückzog und sie beide zusammen im schwitzenden Badezimmerspiegel sah, und sein Gesicht starrte ihn aus der eingeseiften, wogenden Skulptur rosigen Fleisches an, und in seinen Augen lag zweifellos Angst.

Um zwei Uhr war er zu Hause gewesen und war direkt ins Gästezimmer geschlichen. Er fühlte sich wunderbar verletzt und empört. Er war immer noch wach, als er die Morgendämmerung über die Zimmerdecke kriechen sah, und war beinahe überrascht: Ein Teil seines Hirns hatte erwartet, daß der Tag heute anders anfangen, oder daß es überhaupt nicht Tag werden würde. Kalte Vorahnung hüpfte in seiner Brust, vielleicht war das die Angst vor der Entdeckung, davor, aufhören zu müssen, oder vielleicht auch die Angst vor der erfolgreichen Verschleierung, davor, weitermachen zu müssen. Es fühlte sich nicht richtig an, das war alles – es fühlte sich nicht ganz richtig an.

»Kater?«

Natürlich hatte er beim Frühstück erwartet, daß Karen sofort erriet, was er getan hatte. Tat sie aber nicht.

»Nein, ich glaube, ich kriege eine Grippe.« Das war ein Geschenk für sie und so beabsichtigt: genau die Art Lüge, die sie so gerne zerpflückte.

»Vor eins warst du jedenfalls nicht zu Hause, da bin ich

sicher – das ist also so eine Grippe, die vom lange Weggehen kommt? Wird das jetzt zur Gewohnheit?«

O ja, daran könnte ich mich gewöhnen. Kein Grund zur Angst.

»Nein, es wird nicht zur Gewohnheit. Du weißt doch, wie die Leute vom Außendienst sind. Ab und zu muß ich sie bei Laune halten.«

Es ist bloß im Moment noch etwas ungewohnt. Ich werde schon meine zweite Luft kriegen.

»Wie schön, daß du wenigstens *irgendwen* bei Laune hältst.«

Greg setzte ein angemessen schiefes, schuldbewußtes Grinsen auf, das ihm langsam gefror, als er Karen ansah und bemerkte, daß sie lächelte. Sie hatte sich also entschlossen, spöttisch, aber mitfühlend zu sein. Er hatte keine Ahnung, wieso, und wollte es, ehrlich gesagt, auch gar nicht wissen; er war zu sehr mit unterschwelligen, aber gründlichen Gedanken der Vorbereitung beschäftigt.

Ich kann beim besten Willen nicht schnell genug einen weiteren freien Abend herausschlagen. Aber wir könnten am Samstag ficken, am Samstag nachmittag.

Seine Frau hatte ihn dazu gebracht, ein Aspirin zu schlucken, und ihn vor dem Weggehen auf den Mund geküßt. Er hatte sich nicht im mindesten schuldig gefühlt, nur ein wenig seltsam, als würde er sich auf einem vorbestimmten Weg befinden, der ihn festhielt, der ihn verletzlich und wund machte und ihn unter der Haut leuchten ließ.

Jetzt fühlte sich Greg genauso, hatte dasselbe nagende Gefühl, daß etwas Bedeutungsschweres vor ihm lag. Außerdem hatte er nervösen Ausschlag, darum mußte er sich kümmern, den hatte er seit Jahren nicht gehabt. In beiden Ellbogen und an den Schienbeinen tauchten unangenehme feuerrote Nadelstiche auf. Sein Arzt hatte ihm Salbe verschrieben und gesagt, das würde wieder verschwinden, und Greg mußte gar nicht erst hören, daß die Ursache sicher Streß sei. Manchmal starrte er den einen oder den anderen Fleck an und überlegte, ob sich daraus nicht eines Morgens Buchstaben formen könnten, die den Namen *Amanda* bildeten. Oder noch etwas Schlimmeres, eine Botschaft, die er nicht ertragen wollte.

Das digitale Rot seines Weckers sagte 05:42. Er hatte ihn auf sechs Uhr gestellt, aber er konnte ebensogut auch jetzt aufstehen. Karen tauchte nicht vor sieben aus dem Schlaf, und bis dahin mußte er alles erledigt haben.

Er rasierte sich nicht, weil es unnötig war, trug die Salbe wie vorgeschrieben auf, zog sich rasch ein T-Shirt und eine Jeans an und holte seine Tasche aus der Tiefe des Kleiderschranks. Es war nicht viel drin: Taschenbuch, Zahnbürste und -creme, ein weiteres T-Shirt, eine Unterhose und eine Bibel, die er neulich in einem Hotel gestohlen hatte. Dazu packte er in der Küche eine Packung Schokoladenkekse und zwei Äpfel, als mache es irgendeinen Unterschied, was er einpackte. Als er ein vielversprechender Jüngling von einwandfreiem Charakter gewesen war und an den Wanderwettbewerben des *Duke of Edinburgh* teilgenommen hatte, waren in seinem Rucksack immer ein Päckchen Schokoladenkekse und zwei Äpfel gewesen, und es hatte ihm nie geschadet. Grund genug, sie auch jetzt einzustecken – vielleicht brachten sie ihm Sicherheit, und das war noch wichtiger als Glück.

Es war erst halb sieben, als er seine Kaffeetasse ausspülte und feststellte, daß er jetzt gehen könnte, weil es nichts mehr zu tun gab. Also legte er den Regenmantel über den Arm, schlüpfte durch die Hintertür und machte sie leise hinter sich zu. Er hatte das Auto eine Straße weiter geparkt, damit Karen ihn nicht hören konnte, wenn er den Motor anließ und wegfuhr.

Nach einer Stunde hatte er die Stadt weit hinter sich gelassen, rollte zwischen dunklen Nadelbäumen dahin. Die Morgendämmerung hatte sich sofort in Wolken gehüllt, und um zehn Uhr regnete es heftig. Das Pochen der Tropfen auf dem Dach ließ das Auto behaglich und sicher wirken. Er stellte das Radio an und hüpfte von Sender zu Sender, mehr oder weniger zufrieden, bis er am Ende bei einem hängen blieb, der sein Programm ausschließlich in gälischer Sprache bestritt. Heute morgen wollte er unverständliche Informationen, Nachrichten, die ihn nicht aufregten, die ihn nichts angingen. Ab und zu warf sich eine Krähe im Sturzflug quer über die Straße, um sich dann auf der anderen Seite wie ein nasser Klumpen auf einem Ast niederzulassen.

Als Greg feststellte, daß er hungrig war, hielt er in einem kleinen Städtchen, das die Fensterläden vor dem Regen verschlossen hatte, und nahm im Café eines Souvenirladens einen Imbiß zu sich. Das Essen war furchtbar – öliger Tee, ein trauriges Käse-Sandwich und ein ungenießbares Rosinenbrötchen –, aber das war ihm egal, das war eben die Natur der Sache, darüber mußte man sich nicht mehr aufregen. Er lungerte noch ein wenig mit einer Handvoll durchnäßter Touristen und den unvermeidlichen drei Wanderern zwischen den Souvenirs und Geschenken herum. Er kaufte die sinnlosesten Dinge, die er entdecken konnte, und strahlte dann die Verkäuferin an, die brav einen Hirschkopf aus Porzellan, ein Video mit Dudelsackorchestern und einen rosafarbenen Golfpullover von Pringle einpackte.

»Ist der für Sie?«

»Hm?«

»Das ist Größe XL. Und M ist schon ziemlich groß …« Sie sah ihn prüfend an.

»Das ist schon okay. Ich werde ihn nicht tragen.« Er grinste, leicht weggetreten, wie er hoffte, und schaute sie ebenfalls prüfend an. Sie blieb ungerührt.

Er stieg mit seiner Beute wieder ins Auto und fuhr weiter Richtung Norden. Diesmal ließ er das Radio aus.

Die Sache ist ja so: ich kann mir nicht ganz sicher sein, daß ich recht habe. Es ist sogar viel wahrscheinlicher, daß ich nicht recht habe.

Aber WENN *ich recht habe.*

Wenn ich recht habe, dann wäre es am besten, wenn ich es so erleben würde – allein und zufrieden. So zufrieden, wie ich eben sein kann.

Der Gedanke mußte schon eine Weile in seinem Hinterkopf

genistet haben, hatte nur ab und zu mit feinen Nadeln sein Bewußtsein gereizt, hatte sich in seinem wehrlosen Schlaf ausgebreitet: ein Geschmack von Asche, das Gefühl eines verschwundenen Himmels. Bei seinem dritten Treffen mit Amanda – ihrem Hoteldebüt – verlangte er schließlich seine volle Aufmerksamkeit. Karen war der Ansicht, daß er ziemlich früh am Samstagmorgen von Glasgow nach Edinburgh fuhr, um einen Freund zu treffen, von dem er einen billigen Computer kaufen wollte. Der fragliche Computer stand allerdings schon in seinem Büro, er hatte ihn gegen Barzahlung von einem Außendienstmitarbeiter erworben. In Wirklichkeit jedoch, in der herrlichen Wirklichkeit, fuhr er ziemlich früh am Samstag morgen mit Amanda nach Edinburgh, in der Absicht, mehrere Stunden mit ihr in einem Hotelbett oder drum herum zu verbringen. Sie würde dann mit dem Zug nach Hause fahren, weil sie glaubte, daß er zu einem Arbeitsessen müsse und danach an einer äußerst langweiligen Konferenz teilnehmen, die den ganzen Sonntag dauern werde. Er würde also eine halbe Stunde warten, das Hotel mit irgendeiner Entschuldigung, die er sich noch nicht ausgedacht hatte, verlassen, den Computer aus dem Büro holen und nach Hause fahren. Das war zwar alles ein bißchen kompliziert, aber es bedeutete, daß er etwa fünf Stunden Zeit für Sex hätte. Nicht gerechnet die Fahrzeit, und wer weiß, was ihr da so alles in den Sinn kam.

Es stellte sich jedoch heraus, daß sie eine ganz brave Beifahrerin war.

»Ich möchte dich beim Fahren nicht ablenken.«

»Lenk mich ruhig ab.«

»Ich möchte, daß du ganz bei der Sache bist, wenn wir es tun. Ich kann warten.«

Also mußte er auch warten, aber sobald sie ihr Zimmer gebucht und es bis zum Aufzug geschafft hatten, belohnte sie ihn für seine Geduld.

»Schau, ich habe nichts drunter.«

»Um Gottes willen, wenn jetzt ... wenn jemand reinkommt?«

Aber kaum hatte er das gesagt, war es ihm auch schon egal. »O Gott, daß ist ja großartig.«

»Ich weiß.«

Sein ausgefeilter Plan für den Tag platzte erst, jener geduldige Gedanke drang erst wie eine Messer in sein Bewußtsein, als er auf Amanda hinabschaute, die sich über den Stuhl beugte. Das blasse Fleisch ihres Rückens lag kühl unter seinen Handflächen. Sie paßte sich so vollkommen seinem Körper an, und ihr Rückgrat streckte sich in so herrlichem Schwung vor ihm, und sie konnte sich auf keinen Fall umdrehen und ihm in die Augen sehen, also sagte er: »Ich bin verheiratet.«

Amanda verlangsamte ihre Bewegung, hörte aber nicht auf. »Ich weiß.« Sie schien ihn aufzufordern, tiefer einzudringen.

Was er auch tat, leicht verwirrt, aber auch erregter als den ganzen Nachmittag zuvor. »Du *weißt* es? Wieso?« Erregter, als er es eigentlich ertragen konnte.

»Du trägst Sachen, die du für jemand anderes ausgesucht hast. Sie sind kein Teil von dir, jedenfalls nicht richtig.«

Wenn er nicht aufpaßte, würde er gleich kommen. »Und?« Sie machte ihm das Aufpassen schwer.

»Wir ficken am Samstag nachmittag in einem Hotelzimmer.«

Das war zuviel, das ließ ihn kommen, und danach lehnte er sich leicht schwankend über ihren Rücken und bemerkte erst nach und nach die Schweißtropfen. »Und es macht dir nichts aus?« Sein Mund fühlte sich furchtbar trocken an.

»Ich bin doch hier, oder?«

»Und du willst nicht –« Reden war nicht einfach.

»Ich will das hier.«

»O Gott.« Die Worte prallten dumpf an seine Schädeldecke.

»Ich liebe dich.«

»Du bist wirklich süß.«

Dann hatte sich Greg neben Amanda auf die Bettdecke gelegt. Sie hatte sich schläfrig an ihn geschmiegt und bemerkenswert gut an seine Gestalt gepaßt. Sie hatten noch zwei Stunden, dann würde sie sich auf den Heimweg machen, aber er fühlte sich jetzt unnatürlich schläfrig und dämmerte gerade weg, als ihn ein Schlag im Inneren des Kopfes traf. Eine hörbare Farbe. Ein schmerzhaftes Licht.

Nein. Nicht jetzt. Nein.

Das Gefühl nahender Auslöschung, die drohende Hitze, die unter all seinen zuckenden und unbefriedigenden Träumen lauerte, die furchtbare Überzeugung, daß er bewußtlos die Hand ausstrecken und das Ende aller Dinge berühren könnte – da war es, ganz bei ihm, in nackter Klarheit.

Aber das wäre doch lächerlich.

Dennoch riß ihn der Augenblick aus dem Schlummer und ließ seinen Nacken verkrampfen.

»Was ist los?« Amandas Stimme. »Greg?« Die Frau, die das letzte Schloß geöffnet hatte, die ihn allein mit diesem Namenlosen eingesperrt hatte.

»Nichts. Ich habe geträumt. Nichts.«

»Und, möchtest du weitermachen? Hm?« Die Frau, die ihn mit ihrer Zunge und ihren Fingern und ihrem Körper aus dieser Zelle befreien konnte. »Du Unersättlicher?« Und das mußte sie jetzt auch, das schuldete sie ihm.

Und obwohl er eigentlich gar nicht wollte, jedenfalls nicht jetzt, obwohl er sie eigentlich nur im Arm halten wollte, irgend jemanden im Arm halten wollte, gehalten werden wollte, »Oh ... Ja«, ließ er sich weitermachen, »Warum nicht«, denn sie ließ ihn, »Ja.« Denn das gab ihm etwas zu tun. »Ja. Laß uns weitermachen.«

Das Ende aller Tage. Lieber Gott, das Ende aller Tage ist nahe.

Sie hatten es diesmal härter gemacht, als er es eigentlich mochte, waren bis an die Grenze gegangen. Als sie das Zimmer verließen, beschloß er, die Bibel zu stehlen.

»Wozu brauchst du die denn, um Himmels willen?«

Und er konnte ihr nicht sagen, daß es zwar dämlich war, daß er sich aber sicherer fühlte, wenn die Bibel im Auto lag.

Es gibt so viele vorhergesagte Zeitpunkte für den Weltuntergang: Man liest davon in der Zeitung, wenn sie vorübergegangen sind, und man hat nicht die geringste Ahnung gehabt, und wäre die Vorhersage richtig gewesen, hätte man keine Vorwarnung bekommen …

Niemand konnte es mit Sicherheit sagen. Niemand. Auch er nicht.

Trotzdem setzte er Amanda bei ihrer Wohnung ab, holte den Computer aus dem Büro und brachte ihn – und sich selbst – nach Hause, während sich in seinem Kopf die Liste der Tiere, die nach seiner Erinnerung Erdbeben oder ähnliche Katastrophen im voraus spüren können sollten, immer weiter drehte.

Und manche Menschen haben doch auch so ein Gefühl, wenn ein naher Verwandter gestorben ist. Und Zwillinge …

Aber es war schon albern, anzunehmen, daß er der einzige sein sollte, der einzige Mensch, der von einem solch monumentalen Ereignis eine Vorahnung hatte. Das war lächerlich. Seit jenem Tag im Hotel hatte er sich das ständig einzureden versucht.

Und jetzt glaubte er – fast von ganzem Herzen –, daß seine wiederholten Vorahnungen und der an jenem Nachmittag aufblitzende Augenblick der Sicherheit nichts anderes zeigten als seine überaus masochistische Arroganz. Diese Fahrt nach Norden war vor allem therapeutischer Natur. Es hatte weniger mit dem Ende der Welt zu tun als mit Erholung. Er fuhr weg, um sich zu erholen – und seinen Ausschlag hatte er seit seinem Aufbruch gar nicht mehr bemerkt – das war doch der beste Beweis, daß er mal eine Pause gebraucht hatte, und dies war sie. Er hatte beschlossen, von der kommenden Mitternacht bis zur nächsten allein hier draußen zu bleiben, aber natürlich vor allem zur dringend benötigten Entspannung, und nicht, weil das Ende unserer Zeitrechnung gekommen war.

Ich habe nie geglaubt, daß es mit dem Millennium zusammenhängen würde. Das wäre zu passend gewesen. Damals hatte ich überhaupt keine Angst. Oder jedenfalls nicht mehr als sonst. Soviel Angst, wie man in meiner Lage eben hat.

Es war jetzt über sieben Monate her, daß er Amanda kennengelernt hatte, und seit sieben Monaten hatten sie Sex. Sie hatten inzwischen ein Verhaltensmuster entwickelt, ihre Version der Normalität.

»Das brauche ich nicht. Ich habe dir doch gesagt, ich habe alles, was ich brauche.«

Er versuchte, ihr Dinge zu schenken. »Es ist doch bloß ein Schal … du hast gar nichts von mir.«

»Doch, habe ich.« Sie löste seinen Gürtel.

»Möchtest du nicht mal reden? Vorfreude …« Manchmal, wenn sie ihn berührte, fürchtete er, es werde wieder passieren: dieser Ausbruch von Leere, von Ende. »Wir könnten mal einen Kaffee trinken gehen und dann …«

»Das haben wir doch schon gemacht.«

»Das hier haben wir auch schon gemacht.«

»Aber das hier ist viel interessanter. Ich nehme an, du hast noch nie Analsex gehabt.«

»Was …? Äh, nein.« So was machte sie immer: Sie durchbrach seine Ängste und seinen guten Willen mit einem unwiderstehlichen Angebot. »Meinst du, das wird sich bald ändern?« Sie half ihm, sich zu vergessen.

»Ja, ich denke schon.«

»Na dann …« Er wollte sich vergessen. »Dann ist es ja gut.«

Die Erinnerung daran, sie so zu sehen, ließ einen Blutstoß in seine unteren Regionen strömen. Auch wenn es ihm gar keinen großen Spaß gemacht hatte, wollte er es doch zwangsläufig wieder tun. Es gab einige Dinge, die er zwangsläufig wieder tun wollte.

Er schaltete das Radio wieder an und suchte so lange, bis er Musik gefunden hatte, die er laut aufdrehte. Nach ein paar Meilen stand die Straße tief unter Wasser. Ohne an seinen Motor zu denken fuhr er mitten durch alle Pfützen, und ein Schwall nach dem anderen ergoß sich über seine Windschutzscheibe, die Flüssigkeit prasselte gegen seinen Unterboden. Danach fühlte er sich friedlicher, und der flache Talboden um ihn herum beruhigte ihn noch mehr, der langsam steigende Kreis der Berge, die sich vor ihm öffneten und hinter ihm schlossen.

Weil die winzige Möglichkeit bestand, daß es sein letzter sein könnte, hielt er am Straßenrand, um zu betrachten, welche Lichtzungen und -fetzen der Sonnenuntergang durch die Wolken pressen konnte. Er ließ das Auto stehen und ging durchs rauhe, nasse Gras in das federnde Heidekraut. Er legte sich hin, während das Tal um ihn herum in Schatten sank und der Regen auf sein Gesicht fiel, und er löste sich von Amanda und von Karen, vom Elend der Erregung, von der Bitterkeit der Bequemlichkeit, von allem. Ein Brachvogel rief, dann herrschte großer Frieden. Er fiel in völlig schmerzlosen Schlaf.

Was ihn weckte, war die Kälte. Greg zitterte schon, bevor er ganz aufwachte. Die Erde roch noch nach Sommer, aber die leichte Brise war von strenger Kälte, und er war völlig durchnäßt – abgesehen von der Mitte seines Rückens. Er rappelte sich verwirrt und verfroren auf und war sofort verängstigt von der totalen Dunkelheit, konnte seine Armbanduhr nicht erkennen, konnte nicht sehen, ob Mitternacht schon vorbei war, ob es das jetzt gewesen war. Dann stolperte er über eine aufragende Wurzel und fiel so, daß er die Scheinwerfer seines Autos sehen konnte, die glücklicherweise noch da waren und hell leuchteten, was bedeutete, daß seine Dummheit die Batterie offenbar noch nicht geleert hatte.

Ich wollte nicht, daß das alles vorbei ist. Nicht die ganze Welt. Ich hasse sie zwar, aber ich wollte nicht, daß sie einfach verschwindet. Oder vielleicht wollte ich auch bloß nicht, daß sie mich zurückläßt.

Als er glücklich wieder im Auto saß, ließ sich der Motor ohne Problem starten. Er wechselte das Hemd und mußte dann den rosafarbenen Golfpullover anziehen, um nicht zu frieren. Die Ärmel waren so lang, daß sie auch als Handschuhe dienen konnten, was sehr praktisch war.

Ich wollte nicht, daß sie mich zurückläßt.

Langsam und kreisend holperte er zurück auf die Straße und nahm wieder Fahrt auf. Seine Armbanduhr zeigte zwei Uhr morgens, also hatte er offenbar nicht gut genug aufgepaßt. Dies könnte der große Tag sein, der große Augenblick, um dessen Beginn sich der ganze Tag rankte. Es könnte jeden Moment losgehen. Das Ende könnte ihn jetzt schon kalt erwischt haben. Er könnte es schon verpaßt und gar nicht gemerkt haben.

Aber ich liege falsch. Nichts wird passieren. Nichts und niemand wird mich zurücklassen, da kann ich mir wirklich sicher sein. Ich habe keinen vernünftigen Grund, daran zu zweifeln.

Ich liege falsch, und morgen um Mitternacht werde ich es genau wissen.

Das ist doch Grund genug, glücklich zu sein.

Morgen um Mitternacht sollte ich glücklich sein.

Glücklich.

Das sollte ich sein.

GERECHT WERDEN

Für Jack Vettriano

Kurz nachdem ich ihr begegnet war, gab ich alle meine Sachen weg. Als ich von unserem ersten wirklichen gemeinsamen Abend zurückkehrte, an dem außer uns beiden niemand dabei war, wußte ich, daß ich so, wie ich war, einfach nicht gut genug war.

An jenem Abend zog ich mich im Dunkeln aus und kroch wie üblich langsam und gemütlich ins Bett; aber es gelang mir nicht, mich zu entspannen. Wir waren bisher in keiner Weise intim geworden – wir hatten uns noch kaum berührt –, aber meine Haut und meine Laken, meine Kissen und mein Hirn dufteten nach ihr. Die Matratze unter mir dröhnte im Rhythmus ihrer Schritte, und ich konnte nicht schlafen. Irgendwann also zwischen dem Zubettgehen und dem Morgen wurde mir klar, daß ich meine alten Kleidungsstücke nie wieder würde tragen können. Alles um mich herum veränderte sich und erwartete von mir dasselbe.

Als ich aufwachte, akzeptierte ich meine Entscheidung, wenn auch nur schrittweise. Ich erlaubte mir einen notwendigen kleinen Rückzieher. Ich zog einen vertrauten Pullover an, und eine Cordhose, die ich gern hatte, und dann stopfte ich meine weiche, langweilige Vergangenheit mit beiden Händen in zwei Plastiksäcke – andere Pullover, andere Cordhosen, müde Hemden, traurige Krawatten, fünf Paar blaue Socken, sieben Paar graue. Die Bestandsaufnahme war ernüchternd. Aus irgendeinem Grund hatte ich gedacht, da müsse noch mehr sein, eine unerwartete Weste, ein vergessener Overall, aber am Ende war der Gesamtbestand bloß vorhersehbar und ein bißchen traurig.

Auf dem Rückweg vom Second-Hand-Laden, der einem wohltätigen Zweck diente und wo ich meine Plastiksäcke abgegeben hatte, kaufte ich mir eine Jeans und ein Sweatshirt, eine Packung bunter Unterhosen und kurze rote Socken.

Wieder zu Hause, zog ich den letzten Rest meines alten Ichs aus, legte ihn zusammengefaltet in eine Tragetasche, zog mein neues Ich an und ging zu einem anderen Second-Hand-Laden. Mir fiel auf, daß es viel mehr solcher Wohltätigkeitsläden gab, als ich je Kleider besitzen würde.

Einen Monat lang waren im Schaufenster des einen Ladens verschiedene Teile meiner Garderobe ausgestellt. Ich gewöhnte mich daran, an einer Schneiderpuppe vorüberzugehen, die unverkennbar farblich abgestimmte Kleidungsstücke aus meinem Schrank trug. Oft wollte ich gar nicht hinsehen, aber mein Blick wurde davon angezogen, als hätte er überraschend einen Spiegel entdeckt, und dann sah ich meinen kopflosen, etwas pummeligen Wiedergänger, der gnadenlos vorführte, wie ich einmal ausgesehen hatte. Ich versuchte, mein Spiegelbild über das abgetragene Ensemble zu legen, das da zwischen den Plattenkisten und der unverkäuflichen Kommode ausgestellt war, und war sehr froh, wenn meine Gegenwart nicht deckungsgleich mit meiner Vergangenheit zu machen war. Dennoch begann ich das Schaufenster zu hassen und ärgerte mich darüber, daß es sich so langsam veränderte, daß niemand meine Sachen kaufen wollte.

Ich entdeckte und erkannte nach und nach, welche alltäglichen Gewohnheiten mir eigentlich verhaßt waren, das hinterhältige Unwohlsein, das mich bisweilen beim abendlichen Bad überkam, das in den nackten Augenblick zwischen Handtuch und Pyjama schlüpfte und meine Haut wie Salz überzog. Jahrelang sorgsam gepflegter Selbsthaß offenbarte sich wie die Jahresringe eines gefällten Baumes.

Ich fand auch heraus, daß alles, was ich selbst mache, was ich wiederholt oder auf intensive Weise berühre, als Maßstab meiner Zufriedenheit dienen kann. Ein Bett, eine Teekanne, ein Garten – oder auch nur ein kurzer Satz –, es ist beinahe gleichgültig, was. Wenn ich es gemacht habe und es besitze, dann trägt es irgendwo tief drinnen den Stempel meines Wesens. Glückliches Brot schmeckt glücklich, trauriges Brot nicht. Meine Sachen im Schaufenster konnten gar nicht anders als zeigen, wie ich in ihnen in der Welt gestanden hatte. Sie schämten sich meiner.

Sie können die Worte auf diesem Papier betrachten und ihnen meine Gestalt ansehen, denn es sind die Worte, die ich gewöhnlich benutze. Ich bin hier, um von Ihnen gelesen zu werden, so wie Sie vielleicht auch den Abdruck meines Körpers im Bett lesen könnten – nach einer ruhigen Nacht, nach einer schlaflosen Nacht, nach einer nicht allein verbrachten Nacht.

Jetzt aber gebe ich natürlich *ihr* meine Worte, und sie gibt mir dafür die ihren. Manche davon sind genau die gleichen – es ist mehr ein Tausch als eine Unterhaltung –, aber weil wir sie beim Sprechen berühren, können wir unsere Sätze betrachten und uns darin erkennen.

Ich kann erkennen, daß sie sich im Café langweilt, und daß sie lieber daheim bei ihrer eigenen Arbeit wäre, als spät abends außer Haus anderer Leute Arbeit zu tun. Ich kann erkennen, daß sie manchmal wegen des Geldes Angst hat oder vor schweren Krankheiten, aber nicht vor dem Tod. Ich kann erkennen, daß ihre Zunge immer so heiß sein wird, daß man sich erschreckt. Ich kann auch ihr Lachen erkennen. Sie hat ein ungeheures, schamloses Lachen, wie aus einer schlechten Komödie.

Als ich im Café auf meine Suppe wartete, wußte ich dank ihres Lachens, wo sie war. Ich war hereingekommen, weil es von draußen gemütlich wirkte und es preiswerte Gerichte gab, die auf einer ordentlichen schwarzen Tafel unweit der Tür angezeigt wurden. Die Atmosphäre war angenehm, die Musik leise und vernünftig, die Stühle geschmackvoll, aber ihr Lachen explodierte auf ungehörige Weise in dieser entspannten Umgebung und schien ganz und gar unpassend.

Ich schlängelte mich zwischen den Tischen hindurch und wußte, ich wollte weiches Brot und eine milde Suppe und ein Glas warmes Wasser, und ich wollte, daß sie mir diese Dinge brachte. Ich wollte sie in meiner Nähe haben. Ich ignorierte absichtlich jede Annäherung einer anderen Kellnerin und starrte entweder völlig abwesend in die Gegend oder beugte mich mit halb geschlossenen Augen konzentriert über die Speisekarte. Als sie zum zweiten Mal an meinem Tisch vorbei ging, ergriff ich ihren Arm. Sie sagt, sie habe gewußt, daß ich das tun würde. Das ist seltsam, denn ich wußte es selbst nicht.

»Sind Sie jetzt soweit?« Das sieht gedruckt ziemlich schroff aus, aber sie sagte es kein bißchen schroff.

»Ja ja, bin ich. Ich hätte gern weiches Brot und eine milde Suppe, oder klare Brühe, wenn Sie das haben, und ein Glas warmes Wasser.«

»Wirklich?«

»Ja.«

»Was ist denn los mit Ihnen?«

»Ich habe … ich hatte einen Weisheitszahn. Jetzt nicht mehr.«

»Oh, gräßlich. Heute?«

»Gestern.«

»Der Tag danach ist immer am schlimmsten. Die mildeste Suppe ist die mit Lauch und Kartoffeln, und ich werde die Rinde von Ihrem Brot abschneiden.«

Ich glaube, das hat sie wirklich getan. Es gehört normalerweise nicht zu den Pflichten einer Kellnerin, aber ich glaube, sie hat sogar die Rinde von meinem Brot abgeschnitten. Vielleicht wollte sie die Rinde ja essen, sie mag nämlich gern Rinde. Warum auch immer, ich bin jedenfalls sofort in den Genuß ihrer Aufmerksamkeit und Sorge gekommen. Nicht Mitleid, sondern Aufmerksamkeit, und das konnte ich akzeptieren.

Am nächsten Tag brachte ich meinen Zahn mit. Ich hatte am Abend zuvor alle Blutspuren beseitigt. Er war vorzeigbar.

»Oh Gott, der ist ja groß wie eine Schwarzwurzel.«

Ich war stolz.

»Das muß furchtbar weh tun.«

Ich nickte. Mir war etwas schwindlig, vom Schmerzmittel und dem weiterhin spürbaren Schmerz und davon, daß sie meine

Hand hielt, in der ich meinen Zahn hielt. Der heftige, ziehende Schmerz in meinem Mund rührte sich.

Ich sah ihr hinterher, als sie wegging, um mir die mildeste Suppe des Tages zu holen, und ich spürte so etwas wie einen kleinen Stein, der mein Rückgrat entlangstürzte. Nur daß mein Rückgrat dabei unversehrt blieb. Der kleine Stein löste sich direkt unterhalb meiner Gedanken, fiel durch mein Herz und den Magen und dann noch weiter. Mein Skelett hatte damit nichts zu tun, ich spürte es nur im Fleisch. Plötzlich pochte das Blut in meinem Unterkiefer, und ich schloß für einen Moment die Augen und ließ mein ganzes Dasein ein heftiger, ziehender Schmerz werden, bis ich Angst bekam und nicht mehr weitermachen konnte.

Meine Mäntel und Jacken habe ich behalten. Mäntel sind eher Möbel als Kleidung, und die beiden Jacken, die ich besitze, gehörten meinem Vater, und es stand mir nicht zu, sie wegzugeben. Glücklicherweise mochte sie diese Sachen. Sie waren so schwer und so alt, daß sie sie streicheln und anfassen wollte. Ich hätte es gern gesehen, daß sie alle meine Kleidungsstücke streicheln und anfassen wollte, aber mir fehlte tagelang der Mut, sie zu fragen, was ihr am besten gefiele. Ich lief schon Gefahr, aufs Geratewohl irgendwelche Sachen zu kaufen und sie unbeabsichtigt vor den Kopf zu stoßen und zu verschrecken. Aber trotz meiner Hemmungen war es doch bald nötig, ein Hemd anzuschaffen, das ich zur Arbeit tragen könnte. Selbst die kleinsten Läden boten eine unvernünftig große Auswahl. Ich war ratlos. In meiner Verzweiflung wählte ich die Farbe, die gar keiner Farbe am nächsten kam, nämlich weiß.

Und sie liebt Weiß. Mit Worten allein kann ich überhaupt nicht ausdrücken, wie sehr und wie tief sie Weiß liebt.

Jetzt war es mir gefahrlos möglich, furchtbar glücklich zu sein. Einfach und spontan glücklich. Das bestmögliche Hemd, das ich für sie anziehen konnte, war ein weißes, und ich trug ein weißes. Seitdem darf ich auf ihre Hand herabblicken, die warm und sanft auf meinem kühlen Hemdsärmel ruht, und ich weiß um ihr unfehlbares Urteil in diesen Dingen. Wir sind zusammen vollkommen, wenn ich ihr gefalle. Absolut perfekt. Jetzt spare ich auf die schönsten Hemden, die ich für sie kaufe, gute Nähte, verläßliche Krägen, feste, strahlende Stoffe von zupackendem Glanz mit diesen wunderbar leuchtend fließenden Falten von der Schulter bis zum Handgelenk. Es kommt mir alles magisch vor. Sie kümmert sich jetzt um mich, gibt mir Ratschläge, sieht, daß ich mich gut entwickle.

Zuerst hat es mich sehr erschreckt, als sie mir erzählte, sie sei Malerin. Mir wurde klar, daß ihre visuelle Wahrnehmung ganz besonders geschult war, und ich spürte sofort, wie mich diese Wahrnehmung schmerzhaft gründlich abtastete. Sie ließ ihren Blick in meinen sinken, hielt mich damit fest und erklärte, daß sie jeden Gast im Café anschauen und dann in Gedanken bis auf die Haut entblättern könne. Ihre Akte entstanden nie aus direkter Anschauung, das war seit Jahren nicht mehr nötig. Als sie kurz die Augen schloß, erschauerte ich.

Und als sie mir schließlich ihre Bilder zeigte – die privaten, vollendeten Resultate ihrer Vorstellungskraft und ihres Könnens, die in ihrer Wohnung still an der Wand lehnten –, da wollte ich meine Stirn ganz fest in ihre Hände drücken und sie von ihr halten lassen, ich wollte etwas Lustiges und Melodiöses singen, wollte mich auf den Boden legen und herumrollen, weil ich einem so großen Teil von ihr so nah sein konnte. Dann stellte sie mir ihre Gemälde von nackten Fremden vor, und ich mußte mich eine Weile an den Türrahmen lehnen, weil mein Gehirn durcheinandergemischt und abgehoben wurde wie ein Kartenspiel – vor Eifersucht. Bis das Gefühl nachließ, konnte ich mich nicht bewegen. Innerhalb einer Minute hatte sie mich ausgeteilt und wieder eingesammelt, und gesammelt wollte ich auch bleiben, ich wollte ihr niemals Vorwürfe machen oder sie hassen, weil sie etwas Harmloses, aber Verstörendes tat. Außerdem stellte ich mir schmerzlich vor, wie sie ihre Vorstellungskraft auf mich anwandte und meine Unzulänglichkeiten zusammenzählte.

Um festzustellen, ob sie mich gewähren ließe, küßte ich sie, und ich fragte mich sofort, wie das möglich war, was das bedeutete, ob das ihr Plan war oder meiner. Bevor ich an jenem Abend ging, hatte auch sie mich geküßt.

Ich ging nach Hause und weinte. Oder genauer gesagt: ich weinte auf der Treppe vor ihrer Haustür, und dann ging ich nach Hause und weinte wieder.

Denn ich sah, wie schrecklich alles ist. Die Natur läßt uns nicht nah heran, nicht nah genug. Zeit und Raum ticken und jagen ständig zwischen uns, und wir können sie nur überwinden, wenn wir uns mit dem anderen beschäftigen. Ich muß ganz bei ihr sein, und ich habe sie weder gemacht, noch besitze ich sie, also liebe ich sie. Ich liebe sie. Dafür bin ich hier. Und wenn ich sie liebe, berühre ich sie. Wieder und wieder liege ich in ihren Armen vergraben. Ich bedecke ihre Augen mit Küssen, damit ich ganz bei ihr sein kann und nur das, damit meine Ungeschicklichkeit oder meine Dummheit nicht zwischen uns gerät. Und noch dazu berührt sie mich.

Aber ich kenne die Regeln für Liebende nicht. Ich weiß nicht, ob es möglich ist, sie so oft und so viel zu berühren und sie dabei nicht womöglich zum Schlechten zu verändern. Denn sie erfüllt meine Gedanken und mein Herz mit völliger Zufriedenheit, und ich hoffe, daß sie nicht bloß ein Zeichen meiner Zufriedenheit oder meiner Unzufriedenheit ist. Ich denke, ich bin vielleicht ein Zeichen ihrer Zufriedenheit. Obwohl ich manchmal nicht besonders gut bin. Ich bin eine Enttäuschung, ich bin nicht so, wie wir beide es gerne hätten.

»Du machst dir zu viele Sorgen.«

»Ich bemühe mich, das nicht zu tun.«

»Vielleicht bemühst du dich zu sehr.«

»Ich weiß. Darüber mache ich mir ja auch Sorgen.«

Wir liegen tief in der Mulde meines Bettes vergraben, unseres Bettes, und wir unterhalten uns. Auf dem Nachttisch liegen in wunderschönem Durcheinander unsere Uhren und unsere Hausschlüssel und unser Kleingeld, und ihre Ohrringe, und meine spanische Glücksmünze, die ich an einem kalten Silvesterabend aus dem Eis einer überfrorenen Straße gekratzt habe, ohne dabei auch nur von einem Auto angefahren zu werden. Glück gehabt.

Während die Inhalte unserer Hosentaschen darauf warten, daß wir sie wieder an uns nehmen, schmiege ich mich fester an den erstaunlichen Bogen, an die Spannung, die lebendige Wärme ihres Rückens und spüre, wie sie leise glucksend lacht.

»Darüber machst du dir Sorgen?«

»O ja, ich mache mir über alles Sorgen – und das macht mir auch Sorgen.«

Es ist ein Witz, den wir beide schon kennen, nur in anderen Worten, und wir mögen ihn eben, weil wir ihn immer machen, weil es unserer ist, weil er witzig und wahr ist. Wir liegen wie zwei Löffel aneinander, und ich warte, daß sie anfängt zu lachen, und ich bin ziemlich sicher, daß ich mir Sorgen machen werde, solange ich sie kenne. Sie ist das Schönste, was ich habe, verstehen Sie, und ich will ihr gerecht werden.

Ich möchte leidenschaftlich, phantasievoll und frei für sie sein, aber ich weiß nicht wie. Ich möchte sie so sehr lieben, daß ich es selbst fühle und daran glaube, und möchte doch nichts als sanft und behutsam sein, und ich weiß nie, was richtig ist. Es gibt Abende, da kann ich sie nur ansehen. Nein. Nein, ein bißchen mehr schon.

Ich stehe vor ihr, mein Gewicht so gleichmäßig verteilt, wie ich es hinbekomme, vielleicht ein wenig mehr auf den Zehen, und ich hebe meinen Kopf, so daß mein Schädel gerade auf meinem Hals ruht. Ich mache meinen Gesichtsausdruck weich. »Entspann dich«, denke ich. »Fühl dich jung und glücklich.« Also tue ich es.

Sie findet, ich spinne – diese ganze mentale Vorbereitung, die alles kompliziert und verzögert. Ich sage ihr, daß ich diese Formalität manchmal brauche. Und obwohl ich ihre Berührung mehr brauche als die Luft zum Atmen, warte ich mit ihrer Erlaubnis und tue fast nichts. Ich erwarte sie. Ich schenke ihr das Begehren, das sie verdient.

Ich schließe die Augen und betrachte den Nachglanz ihrer Haut, der hier bei mir im Dunkeln ist. Ich schließe meine Lider ganz vorsichtig, sie machen keinerlei Geräusch. Dabei bin ich so leise wie das Licht, oder wie eines der Bilder, die sie von mir gemalt hat. Sie malt sogar mich, unansehnlich wie ich bin, läßt mich zu einem Teil ihrer Arbeit werden, weil ich Individualität habe, und das ist viel besser als Schönheit.

Ich halte inne.

Ich beginne die Arme zu heben, und das Rascheln der Baumwolle meines Hemdes ist geduldig, trocken, und irgendwie genau richtig.

In dieser Position ist es ganz einfach, mein Gesicht nach vorn zu neigen, langsam nach vorn und nach unten. Um meine Lippen liegt ein dünner Schweißfilm, und die Bewegung läßt ihn abkühlen.

Von hier aus bin ich fast bei ihr. Im rein vertikalen Sinn sind wir höchstens noch einen Meter voneinander entfernt. Ich lecke mir über die Lippen. Einmal. Damit ich sie schmecken kann.

Bald werde ich bei ihr liegen und mein Bestes geben. Jetzt aber stehe ich hier, wo sie mich sehen kann, und ich denke, daß sie mich für den Rest meines Lebens unvollkommen gemacht hat, wo ich doch schon dachte, fertig zu sein. Dafür kann ich ihr nie angemessen danken. Ich mache mir Sorgen, und ich gebe mein Bestes.

Es ist unverkennbar organisch, der Geschmack von etwas Lebendigem.

»Iih, das ist ja widerlich.«

Sie rutscht auf ihrem Stuhl hin und her, und der Doktor geht zu seinem Kühlschrank hinüber.

»Widerlich?«

»Der Geschmack. Kriege ich keinen Bonbon zum hinterher Lutschen?«

»Nein.« Er dreht sich mit dem Hauch eines Lächelns um. »Kein Zuckerwürfel dazu und kein Bonbon für hinterher.« Er spottet leise zwischen den schlanken und sanft glänzenden Regalen. »Zucker ist ungesund, und ungesunde Dinge werden hier nicht verabreicht.«

»Dann vielleicht ein Stückchen Obst?«

»Dies ist eine Arztpraxis und kein Restaurant.« Er hüstelt ein kurzes Lachen hervor und riskiert einen Scherz: »Und außerdem ist das schottische Medizin – wenn es widerlich schmeckt, wirkt es bestimmt.« Dann schaut er sie kurz an, um zu überprüfen, ob sie seinen Humor lustig findet.

Sie zieht ein Grimasse, nicht ganz unglücklich, und läßt den Geschmack auf der Zunge kreisen. Sie hofft, daß er schwächer wird. Unter der salzigen Oberfläche und dem ersten kalten, schweren Eindruck des Impfstoffs liegt ein irgendwie bekanntes Aroma. Sie weiß genau, wenn sie sich konzentriert, wird sie es identifizieren können.

Der Doktor kommt auf sie zu, in den mildtätigen Händen gut gekühlte Vorsorgemaßnahmen. Der Anfang eines jeden wirklich gelungenen Urlaubs.

»Ich brauche beide Arme.« Er legt die Packungen ab und reißt die erste Nadel aus der Hülle. »Tetanus und Hepatitis auf dieser Seite ...«, ein heilendes Grinsen, »Diphtherie und Typhus auf der anderen.«

Diese beiläufige Aufzählung schrecklicher Krankheiten hat etwas seltsam Erfreuliches, Beruhigendes. Sie wird sicher gemacht; ein Teil ihres Blutes läßt etwas Fremdes herein, damit mit ihr nichts Schlimmes passiert, wenn sie mit ihrem ganzen Körper in die Fremde reist.

Sie schluckt und denkt kurz über Gordon nach. Gordon wird nicht sicher gemacht, weil er nicht mit ihr reisen wird, weil er das Ausland nicht mag. Er mag sie, aber nicht das Ausland. Sie mag das Ausland. Schon den Gedanken ans Ausland mag sie sehr.

»Ich werde Ihnen nicht weh tun.«

Der Doktor zieht sorgfältig einen Haufen Erreger in seine Spritze.

»Sie nicht. Aber die Spritze.«

Sie rollt den Ärmel hoch und hofft, daß sie ihm damit genug Fleisch anbietet. Sie möchte ihre Bluse lieber nicht ausziehen. Bisher waren die Untersuchungen durch ihren Arzt medizinische und höfliche Angelegenheiten; die Sprechstundenhilfe unauffällig im Hintergrund, falls weitergehende Nachforschungen nötig werden sollten. Dennoch ist Ausziehen immer unangenehmer als Ausgezogen werden – aus den Kleidern steigen, während der Arzt nach nebenan geht und die Sprechstundenhilfe leise und gepreßt durch die desinfizierte Stille atmet und auf ihren weißen Kreppsohlen unmerklich hin und her wippt, während sie zuschaut. Nichts zum Genießen. Aber das ist heute auch gar nicht nötig.

Er nickt. »Gut.« Dann drückt er eine Art kneifenden Schmerz in ihre Haut; hält ihn dort fest, tupft drum herum, zieht ihn heraus und tupft noch einmal. »Sehr schlimm?«

»Nein. Gar nicht schlimm.«

»Mhm. Ich bin auch wirklich ganz gut im Spritzen geben. Ich übe das immer noch, wissen Sie. Viele meiner Kollegen tun das nicht, wie ich weiß. Was macht die Polio?«

»Ich schmecke sie immer noch. Es wird sogar schlimmer. Es erinnert mich an – ich weiß nicht was.« Er schiebt rasch eine weitere Spritze hinein, während sie grübelt. »Das war nicht fair.«

»Manche Menschen wollen vorher nicht wissen, wann es passiert.«

»Es ist schließlich mein Arm, da wüßte ich schon gern, was los ist.«

»Das kann ich verstehen. Jetzt noch die andere Seite, dann haben wir es geschafft. Wir müssen Sie nur noch ein paar Minuten dabehalten und warten, ob es eine Gegenreaktion gibt.«

Kaum hat er das gesagt, spürt sie ein Anschwellen ihres Blutkreislaufs, einen fremdartigen Ausbruch, aber sie würde das nicht als Gegenreaktion bezeichnen. Es fühlt sich an, als würde ihr Körper gekräftigt, wie angereicherter Likörwein; mit jedem Nadelstich stärkt die Wissenschaft sie gegen die Unbilden der Natur.

»Sie verkrampfen – wenn Sie sich nicht entspannen, tut es weh.«

»Entschuldigung.«

»Kein Problem. Sie waren eine sehr geduldige Patientin. Und. Die. Letzte. So. Fahren Sie lange weg?«

»Einen Monat.« Einen Monat ohne Gordon, und in dieser Zeit wird sie ihn anzurufen versuchen, ihm sicherlich Postkarten schreiben und womöglich trotzdem immer heftiger von Erleichterung befallen werden. Sie kann jetzt schon die ersten Symptome spüren.

»Großartig. Ein ganzer Monat.«

Ein ganzer Monat Erleichterung.

Wahrscheinlich wird sie gefeuert werden, wenn sie zurückkommt. Sie hat sich ausgerechnet, wie wahrscheinlich eine Kündigung ist – und es macht ihr gar keine Angst, jedenfalls nicht so sehr wie eine Krankheit oder wie ein Monat mit Gordon und seiner Liste von Dingen, über die sie nicht reden dürfen.

»Ja, ich habe mir Urlaub aufgespart«, sie hält inne, ruft sich den Geschmack der Polioimpfung in Erinnerung, und wo sie ihm schon mal begegnet ist, weiß es, lächelt, »Und ich mache drei Tage krank.«

»Wirklich?« Er sieht gerade aus wie die Quintessenz des Mediziners: Spritze in die Luft gehalten, am Ende der Nadel schimmert ein Tropfen, seine Hände sind sicher kalt, aber verläßlich und ruhig. »Was wird Ihnen denn Ihrer medizinischen Einschätzung nach fehlen?« Seine Stimme klingt locker, eine Art Augenzwinkern liegt darin – das Auge selbst kann das aus Gründen der professionellen Distanz und des Vertrauens nicht tun.

»Mir fehlen? Ach, ich glaube, Grippe. Wahrscheinlich nicht Typhus oder Hepatitis oder –«

»Oder Tetanus oder Diphtherie oder Polio. Ja, ich denke auch, daß Grippe wahrscheinlich das Beste sein wird. Meiner medizinischen Einschätzung nach.«

Oder Polio. Sie leckte an den Zähnen und lächelte wieder. An ihrem zweiten Jahrestag, letztes Frühjahr, hatte Gordon sie gebeten, es zu tun, und als sie schließlich eingewilligt hatte, als er seinen Willen bekam – da hatte er so geschmeckt. Das würgende Pochen in ihrer Kehle, einmal, zweimal, noch ein bißchen, und dann der Geschmack von aufgewärmter Polioimpfung. Schmeckt genau wie er.

»Wenn Sie so lange weg sind ...« Der Doktor grübelt über ihrer Akte. »Ich könnte Ihnen ein neues Rezept für Trinovum ausschreiben.«

»Für was?«

»Für ihre Empfängnisverhütung.«

Ihr Paß, mit dem Gordon sie schwangerschaftsfrei bereisen kann.

»O ja. Vielen Dank.«

»Keine Probleme? Regel normal?«

»Überhaupt keine Probleme.« Das kann sie sagen, weil es schon bald so sein wird und deshalb ebensogut auch jetzt schon stimmen kann. Ihre Zukunft ist plötzlich unerwartet ansteckend.

Sie wartet, während er den Druck ihres sich wandelnden Blutes prüft. Die eng sitzende Manschette stört sie gar nicht. Aus

Höflichkeit nimmt sie das Rezept für ein Verhütungsmittel entgegen, das sie vielleicht nie benutzen wird – jedenfalls nicht mit Gordon.

»Vielen Dank.«

»Wir wollen, daß Sie zufrieden sind.« Er öffnet die Tür, damit sie gehen kann. »Ich wünsche Ihnen einen schönen Urlaub.«

»Den werde ich haben.«

Ihr wird bewußt, daß ihr Atem beim Sprechen schwach nach etwas Ähnlichem wie Samenflüssigkeit riecht. Ihr wird bewußt, daß sie etwas Ähnliches schmeckt wie den klebrigen Fischgeruch von Sperma. Ihr wird bewußt, daß ihr Ehemann wie eine zurückhaltend gesüßte Krankheit schmeckt.

Er spürte, wie er langsam, aber willig seine Zurechnungsfähigkeit fahren ließ.

»Das ist nicht unsere Schuld.«

»Nun, *meine* Schuld ist es auch nicht; wenn es nicht *Ihre* Schuld ist, wessen Schuld ist es dann?«

»Sie haben ein Extra-Ticket.«

Irgendeine Flüssigkeit rann von seinem Haaransatz die linke Seite seines Gesichtes herunter. Er dachte sich, daß es entweder Schweiß sein mußte oder Gehirnflüssigkeit, die den grauenhaften Bedingungen zu entkommen suchte, welche sich gerade in seinem Schädel ausbreiteten.

»Ich weiß, daß ich ein Extra-Ticket habe; das Extra-Ticket ist für einen Flug, den ich verpassen werde, weil Ihre Maschine mich nicht rechtzeitig nach New York bringen wird. Und das ist meine Schuld?«

»Das ist Ihre Schuld. Sie haben unseren Flug verpaßt.«

»Ich habe Ihren Flug verpaßt, weil der Flug, mit dem ich hierher gekommen bin – der Flug, für den ich kein Extra-Ticket habe, der Flug, für den das gleiche Ticket gilt wie für Ihren Flug –, *weil dieser Flug Verspätung hatte.*«

»Das ist nicht unsere Schuld.«

Er betrachtete die Frau am Schalter und versuchte herauszufinden, ob sie sich vielleicht tatsächlich ganz grundsätzlich von ihm unterschied. War sie weniger menschlich als er und nicht in der Lage, Mitgefühl zu entwickeln? Oder war sie vielmehr menschlicher als er und besaß einen so erstaunlichen spirituellen Überblick, daß das ruinierte Leben eines einzelnen ihr nichts bedeutete?

Sie war so ungeheuerlich weit von ihm und seiner Spezies entfernt, das spürte er instinktiv, daß er sie jetzt eigentlich hätte umbringen und ihre Leiche entsorgen können, ohne für mehr zur Verantwortung gezogen zu werden als Umweltverschmutzung. Er spürte auch, daß dieses Gefühl seiner Kommunikationsfähigkeit nicht gerade förderlich war. Wollte er sie für sich gewinnen, ihr schmeicheln, so mußte er irgend etwas an ihr finden, was er mochte, was seine Wut besänftigen konnte, und sei es auch nur ein klein wenig.

Sie trug violetten Lippenstift, der zu ihrer Uniform passen sollte. Das war irgendwie niedlich oder auch ziemlich traurig – je nachdem, wie viel Kontrolle die Fluggesellschaft über ihren Körper ausüben konnte. Als er genauer hinschaute, bemerkte er, daß alle Angestellten an den Schaltern eine einheitliche Lippenfarbe trugen. Ihre Fähigkeiten in der Organisation des Transportwesens hätten kaum ausgereicht, sich selbst über die Straße zu bringen, aber die Kosmetik hatten sie bestens im Griff.

Sie wischte sich über die Stirn, als hätte seine Aufmerksamkeit dort inzwischen einen Fleck hinterlassen. »Sie fliegen nach Amerika.«

»Nein. Ganz offensichtlich fliege ich *nicht* nach Amerika.«

Das ließ sie stutzen. Sie runzelte beinahe die Stirn. »Aber Sie *fliegen* doch nach Amerika.« Sie wedelte nachdrücklich mit seinen erloschenen Extra-Tickets.

Er mußte seine Niederlage eingestehen, »Ich *versuche*, nach Amerika zu fliegen.«

»Sie haben eine Einreiseerlaubnis?«

»Was?« Da hatte sie ihn erwischt, direkt unter der Deckung hindurch.

»Sie haben eine Einreiseerlaubnis?«

»Ja, ich habe eine Einreiseerlaubnis. *Ich* bin gut vorbereitet. *Ich* weiß, was ich tue. *Ich habe alles, was ich brauche.*« Er versuchte, sie vorwurfsvoll anzustarren, aber alles, was er hinbekam, war eine Art vehementes Blinzeln.

»Kann ich Ihre Einreiseerlaubnis sehen?«

Sie schien nicht damit zufrieden, ihn hier aus reiner Bosheit festzuhalten, jetzt unterstellte sie ihm auch noch, daß er gelogen hatte, daß er keine Einreiseerlaubnis besaß oder daß er sie verloren hatte oder sonst irgendwie unzuverlässig sei. Er überlegte, ob er ihr richtig die Meinung sagen sollte, und stellte fest, daß er dafür nicht die Willenskraft fand. Am Ende würde es Tränen geben, wahrscheinlich seine Tränen.

Er reichte ihr seine *Green Form*, die auf einmal Eselsohren hatte, so daß er sie nicht mit der beabsichtigten Verve präsentieren konnte. »Sie fügen mir gesundheitlichen Schaden zu. Meine Ärzte werden Sie auf Schmerzensgeld verklagen.« Sein Grinsen, da war er sicher, wirkte nicht im geringsten bedrohlich.

»Danke schön.«

Sie ließ ihn warten.

»Ich könnte jederzeit einen Nervenzusammenbruch erleiden.«

Sie gab ihm seine verfransten Reisedokumente zurück und überrumpelte ihn aus dem Hinterhalt mit einem verstörend menschlichen Lächeln. »Danke schön.«

»Ich danke *Ihnen.*« Er fummelte am Riemen seiner Reisetasche herum – »Vielen herzlichen Dank.« – und versuchte, sich durch die schlechtgelaunte Schlange hinter ihm zu drängen, »Den allerherzlichsten Dank … wirklich«, murmelte er dabei vor sich hin und umklammerte seine Tasche, »O ja, wirklich«, schon drei Stunden nach dem Verlassen seines Hauses ein völlig entnervter Reisender, »O ja.«

Seine friedliche Umgebung half kein bißchen: die leise rollenden Gepäckwagen, die zufriedenen Sicherheitsbeamten, die Stille, die sich ungestört um ihn ausbreitete, während er sich aufplusterte. Und einer seiner Schuhe quietschte. Er hatte vorher nie einen Laut von sich gegeben, aber jetzt wimmerte er bei jedem Schritt: ein winziger Protest des Fußes gegen was auch immer; alles; das Leben. Er verlor die Fassung.

Bevor er endlich die Abflughalle fand, humpelte er an einem Café, einem Kasino, einem Café, einer Bar, einem Café, einem Restaurant vorbei, und er wußte genau, daß er hungrig war, aber nichts essen würde. Er war in Holland. In Holland brauchte man holländisches Geld. Er hatte kein holländisches Geld. Er hatte nicht mal mehr britisches Geld. Er hatte Dollars, amerikanische Dollars, und die wollte er gegen keine andere Währung tauschen. Sie konnten ihn vielleicht zwingen, sechs unnötige Stunden hier zu warten, aber sie konnten ihn nicht zwingen, ihre Währung zu tauschen. Sie konnten ihn nicht zwingen, etwas zu kaufen. Sie konnten ihn nicht zwingen, die Wirtschaftsunternehmen dieses Flughafens zu unterstützen. Auch wenn einige der Läden Dollars akzeptierten, war er doch fest entschlossen, nicht zu kooperieren.

Und in seiner Innentasche fühlte er beim Gehen das papierdünne Rascheln eines versiegelten Aerogramms, das er hätte aufgeben sollen. Statt dessen gab er sich selber auf. Luftpost. Luftpest. O ja.

Das Bewußtsein seiner unangemeldeten Ankunft in Amerika durchströmte ihn wie ein zähflüssiger Geist, griff nach seinen Hoffnungen und nach seinen Sehnen und Bändern. Er würde es hinbekommen; er würde später ankommen, als er gehofft hatte, aber er würde es hinbekommen und schließlich ankommen, dort, wo er hinwollte, wo er sein mußte.

Um ihn herum flüsterte die Wartehalle beruhigend, und andere Passagiere schlenderten mit Speisen, die sie verzehren konnten, mit Getränken, die sie zu sich nehmen konnten, und zweifellos auch mit kleinen zollfreien Geschenken für ihre Liebsten umher. Er las eine liegengebliebene Zeitschrift, in der ein Artikel »Die Zahnärzte der Stars« überschrieben war; ganz amüsant eigentlich, aber er enthielt auch eine Liste all der winzigen Dinge, die in den Zähnen der Reichen und Schönen gefunden worden waren: Scherben von Weingläsern, Teppichfasern, menschliche Haare.

Die Erwähnung menschlicher Haare verstörte ihn. Er stellte sich die erfolgreichen, begehrenswerten Münder vor, sexuell aktive Münder, die sich unter den Händen des Zahnarztes öffneten und die Beweisstücke ihrer Befriedigung preisgaben – braun, braun, blond –, die hinten zwischen den Backenzähnen steckten oder vorne an den Schneidezähnen hingen. Hinweise auf Schweinereien. Nicholson, Newman, Baldwin, Cage: sie lümmelten sich in den Liegestühlen ihrer Zahnklempnerkumpel, Haare auf den Zähnen von libidinösen Begegnungen, klappten die Kiefer auseinander und strahlten vor oraler Selbstzufriedenheit.

Er wünschte ihnen allen entzündetes Zahnfleisch.

Und dann, weil er nichts Besseres zu tun hatte, starrte er auf seine Knöchel. Blaue Socken. Schlicht, aber mit einem unauffälligen Webmuster; war das wohl das Richtige?, fragte er sich. Heute morgen hatte er kaum über sein Erscheinungsbild nachgedacht, jedenfalls nicht richtig, weil sein Aufbruch doch sehr spontan und kurz entschlossen gewesen war. Seine Sachen waren alle sauber, gebügelt und aufeinander abgestimmt und so, aber vielleicht war blau keine so gute Idee, und wenn er sich's recht überlegte, war er im Moment geradezu eine Farbstudie in Blautönen. Er wußte, das betonte das Blaugrün seiner Augen, die wie verwaschener, schmieriger Grünspan aussahen, wenn er müde war, und er *war* müde und würde bald noch müder sein. Unglücklicherweise ließ ein helles Blau, die Farbe seines Pullovers, seine Haut farblos werden, so daß er aussah wie frisch exhumiert. Eine Leiche mit grün leuchtenden Augen – nicht gerade der vorteilhafte Eindruck, den er erwecken wollte.

Er mußte sich irgendwo im stillen unter die Lupe nehmen und sein Äußeres überprüfen.

Nein. Er mußte nur hier sitzen. Das Schlimmste *befürchten* war immer noch besser, als das Schlimmste zu *wissen*. Der Rest der Reise würde furchtbar werden. Er sollte sich einfach ein paar Mal ohrfeigen, bevor er sie sah, um sich etwas Blut in die Wangen zu treiben. Bevor er sie sah.

Adrenalin umspülte seinen Magen und löste ein beißendes Gefühl an jeder einzelnen Rippe aus. Er schloß die Augen und neigte den Kopf, als wollte er einem besonders bewegenden Musikstück widerstehen. Ein schrecklich deutliches und absolut fiktives Bild fing an, ihn zu bedrängen. Er sah sich selbst in seinem besten schwarzblauen Mantel – in dem Mantel, den er dabeihatte. Er stand darin auf einer Veranda, die er noch nie gesehen hatte, die aber dennoch aromatisch nach altem Holz und geschmolzenem Schnee und sanfter, aber sehr kalter Luft duftete. Sein Atem hing um ihn wie eine prächtige Girlande, und er verlagerte sein Gewicht von einem Fuß auf den anderen und klopfte mit den Stiefeln auf die Dielen. Drinnen im Haus wischte sie sich gerade das Backmehl von den Händen oder legte eine Buch zur Seite. Er konnte sich nicht recht entscheiden, welches Bild er sich machen sollte, also machte er sich beide. Dann ging sie ganz eindeutig zur Tür, um auf sein Klopfen hin zu öffnen, um seinen ganzen Körper hereinzubitten und willkommen zu heißen.

Er würde sich von ihr auspacken lassen. Er würde sie die Temperaturunterschiede zwischen ihnen spüren lassen, die guten: seine kalten Haare, ihr warmer Hals, der hinterhältige Frost seiner Finger, die Hitze ihres Zitterns, wenn sie an seinen eisgekühlten Lippen leckt, und dann das schmerzhafte Sieden seines offenen Mundes.

Die Vorstellung, wie sie nach ihm griff, war beinah hypnotisierend. Beim Gedanken schwoll er sofort an, das Blut pulsierte allzu heftig. Zum Ausgleich dachte er an Margaret Thatcher und an Fernsehübertragungen vom Wettangeln, doch das Blut pochte weiter. Er stellte sich vor, wie er Nancy Reagan heftig von hinten nahm, und spürte, wie ihm kurz – na und? – der Schweiß ausbrach, bevor sich körperliche Ruhe in ihm ausbreitete wie Kleister. Er dachte daran, plötzlich zu explodieren und nichts als einen gepflegten, sauberen Fuß in einer guten blauen Socke und einem guten schwarzen Schuh zu hinterlassen – dazu natürlich einen äußerst unangenehmen, schmierigen Verbrennungsrückstand –, und stellte fest, daß er schon fast wieder normal war.

Normal jedenfalls für jemanden, der ganz gegen seinen Willen in Amsterdam festgehalten wurde. Normal für jemanden, der auf dem Weg nach Ithaca, USA, war, wo er doch eigentlich auf dem Weg nach Uddingston sein sollte, um den längst überfälligen Zwischenbericht fertigzustellen. Normal für einen Mann, der Schottland und der seinen Verstand hinter sich gelassen hatte.

Es war sehr schön, von allen guten Geistern verlassen worden zu sein – endlich allein, Luft zum Atmen. Jetzt konnte er gehen, wohin er wollte.

Nämlich in drei Stunden zu seinem Flugsteig. Auch wenn er aussah wie ein irrer, toter Passagier, würde er die Laufbänder entlangschreiten, die ihn dem Abflug immer näher brachten, und bei jedem fünfzehnten quietschenden Schritt, das hatte er sich vorgenommen, würde er die Luft anhalten und sich vorstellen, wie sich ihre Brustwarzen unter seiner Zunge aufrichteten. Diese Vorstellung würde ihn treffen, an ihm kratzen, ihm das Blut unter die Haut treiben, aber das wäre nicht schlimm, denn die Vorstellung würde ihn auch wärmen und ihm zu jenem geistigen Gleichgewicht verhelfen, das man ihm sonst vielleicht absprechen könnte.

Ein neuer Anfang. Er schritt beherzt über den schmutzigen Teppich in der Einstiegsrampe und hinein in den Bauch des Flugzeugs, frisch und sauber, ein fröhlicher Mensch. Die gepreßte Luft, von Klaustrophobie, Höhenangst und Flugbenzinduft geschwängert, drängte in seine Lungen wie Wasser mit einer Stromladung und brachte ihn dazu, jeden einzelnen Steward, jede Stewardeß, jeden Mitreisenden, jedes Gepäckfach und jeden leeren Sitz anzulächeln. Er war willens und bereit, aufzubrechen, und er befand sich in einem Transportmittel, das nach New York fliegen sollte und ausschließlich von vielen anderen Menschen bevölkert war, die nach New York fliegen wollten: Menschen genau wie er. Das war großartig. O ja.

Da drüben war es kurz nach Mittag. Er fragte sich, was sie wohl gegessen hatte, und ob es lecker war.

Bald würde die Maschine losrollen und dann in Wartestellung gehen. Er fühlte schon, wie sie auf der Startbahn beschleunigten, wie die Massenträgheit sanft nach seinen Knochen griff, und den ersten unglaublichen Satz eines Aufstiegs, der sie schließlich in denselben Zustand versetzen würde wie Federn, Gase und manchmal auch Herzen – auf Wolken schwebend.

Er hätte sie anrufen können. Ihre Nummer herauszufinden und sie anzurufen, wäre gar kein Problem gewesen, aber es erschien ihm einfach nicht richtig. Sie hatte seine kleinen Überraschungen und seine Neigung, Eingebungen zu folgen, immer gemocht. Wenn sie ihn auf der Veranda sah, würde sich in ihrem Gesicht die gewohnte, geliebte Mischung aus Verwirrung, Verwunderung, geschmeichelter Gereiztheit, Bescheidenheit und tiefem Erschrecken spiegeln. Und auch Vergnügen. Vor allem würde er ihr Vergnügen bereiten – wie früher.

»Meine Kopfhörer.«

»Ja?«

»Sie funktionieren nicht.«

Das diskrete Heulen der Motoren entfernte sämtliche Vokale aus ihren Worten. Die Stewardeß beugte sich zu ihm herüber und strengte sich an, ihn zu verstehen. Sie berührte ihn mit der Hand an der Schulter.

»F-nkz-r-n n-cht?«

»Ah. Nein. Kann nichts hören.«

»Richtiger Kanal?«

»Gibt keinen richtigen Kanal. Kein Ton.«

»O je. Ich bin keine Technikerin.«

»Keine Sorge, ich auch nicht, aber mir macht es auch keine Sorgenfalten.« Im Gegenteil, er fühlte sich außerordentlich glücklich. Koffein ließ seinen Kreislauf trotz gleichmäßiger Atmung rasen, und die zweite kleine, aber kostenlose Flasche Wein hatte die Ecken und Kanten seines Lebens erfreulich abgeschliffen.

»Haben Sie schon probiert? ...«

Sie beugte sich vor und schaute fragend auf die anderen freien Sitze neben ihm, wobei sie ihn in den Duft ihres, so nahm er an, Gesichtspuders, und vielleicht auch jener Soße, die nur Flugverpflegung bietet, einhüllte.

»Ich habe mich schon in der ganzen Reihe eingestöpselt. Ich kann nichts hören.«

»Sie können nicht hören?« Er blickte hoch und beobachtete, wie sie plötzlich besorgt wurde, was nett von ihr war.

»Die Geräusche, die ich hören müßte. Ich kann *hören.* Aber nichts aus diesen Kopfhörern. Das ist alles ein bißchen zu kompliziert, oder?« Er kicherte.

»Wie bitte?«

»Es ist alles zu viel.«

»Ich schicke Ihnen einen Techniker.«

»Nein. Es ist in Ordnung. Ich will gar nichts hören. Hören ist nicht mehr wichtig.«

»Ich schicke jemanden.«

»Nein. Nein, danke. Bitte nicht. Vielen Dank.«

Er nickte beruhigend, während sie mit ihrem Getränkewagen davonglitt. Der Töne beraubt, konnte er weder den Film sehen noch die Radioprogramme hören, und das war auch sehr gut, denn so würde er sich langweilen und einschlafen. Je mehr er sich erholte, desto besser war es später. Er sollte eine Menge trinken – wahrscheinlich weniger Alkohol, aber wenn sie ihm ständig welchen anboten, war es kaum seine Schuld, daß er ihn trank; er mußte seinen Flüssigkeitshaushalt ausgeglichen halten und ein Nickerchen machen.

In den Beinen spürte er schon das erste Kribbeln; er würde sie gerne lang ausstrecken, aber das ging nicht, oder übereinanderschlagen, aber das ging nicht, oder den Gang auf und ab laufen, aber das ging auch nicht. Auf der anderen Seite des Ganges klebte ein Pärchen hingestreckt aufeinander.

Die Frau, deren Mund beim Schlafen leicht offen stand, hatte komische Zähne, ein bißchen schief. Wahrscheinlich lispelte sie oder sabberte. Den Mann konnte er nicht so gut sehen – bloß die wächserne Kopfhaut und einen teigigen Arm. Kein sehr attraktives Paar: eher furchtbar häßlich, aber sie ergänzten einander gut. Ihm war in letzter Zeit aufgefallen, daß furchtbar häßliche Menschen offenbar besonders viel Glück in der Liebe hatten. Sie schienen ständig in der Öffentlichkeit aneinander herumzugrapschen, während Menschen mit ganz ansprechendem Äußeren unverbunden durch die Welt trieben.

Er sollte jetzt wirklich schlafen. Er sollte die Armlehnen hochklappen, die nutzlosen kleinen Fluglinienkissen hinter seinem Kopf zusammenstopfen und versuchen, seine Füße während seiner Bewußtlosigkeit nicht bis in den Gang hängen zu lassen, wo der Erfrischungswagen hin und her fuhr. Es war nie besonders erfreulich, von einer versehentlichen Amputation geweckt zu werden.

Er steckte die Arme unter die Achseln, zog die Knie beinahe in Embryohaltung, suchte nach einer bequemen Lage und erlebte einen kurzen Anfall von Panik wegen einer unruhigen Flugbewegung: ein kleines Wackeln der Flügel, während sie in ihrem riesengroßen Paket mit 800 Stundenkilometern und umgeben von Temperaturen weit unter dem Gefrierpunkt über Grönland hinweggetragen wurden. Die Unmöglichkeit seiner Lage kroch ihm ab und zu ins Bewußtsein und erschreckte ihn.

Es sei denn, er ließ *sie* in seine Gedanken schleichen und in die dunkleren Ecken vordringen, die schamhaft versteckten Orte, und ließ sich durch seine Sehnsucht in Erstaunen versetzen. Oh, sie war reizend. All die Briefe, die sie geschrieben hatte, seit er gegangen war – wie es ihnen ging – wie sie Sachen erzählte – sie war rassig, immer gewesen, würde sich nie verändern.

Wie sie zum Beispiel rauchte, einfach unerhört – nicht so, als würde sie besonders gern rauchen, sondern so, als würde sie etwas anderes ganz besonders gern tun. Sie schürzte die Lippen und saugte, bis seine Schenkel sich bis auf den Knochen verkrampften. Daran durfte er natürlich jetzt und hier nicht denken, aber nun war es ohnehin zu spät, und das Gefühl ihrer Haare, die sacht kitzelnd auf seinen Bauch fielen, wie sie ihn von der Hüfte einwärts küßte, wütete in ihm, so daß er sich unter der nach Plastik riechenden Fluglíniendecke umdrehen und mit den Füßen treten mußte. Etwas Metallenes in der Sitzlehne rammte ihn dabei ins Rückgrat. Das gab ihm wenigstens einen Anlaß zu stöhnen.

Sein Bewußtsein schwoll an und ab und verschwamm dann ganz, während sein Mund ihn vergaß und auf nicht vorhandene Küsse reagierte, schließlich hustend wieder zum Leben erwachte und müden Schweiß auf den Lippen schmeckte. Ihren letzten Brief hatte er auch in diesem Zustand kapiert, als er auf dem Sofa lag und beinahe träumte und doch nicht ganz. Plötzlich hatte er ganz genau gewußt, was sie meinte.

Henry und ich sind so glücklich, wie wir es je erwarten konnten

wie wir es je erwarten konnten

Es klang so klagend, ein solcher Hilferuf, daß er sich nicht erklären konnte, warum er es nicht schon früher bemerkt hatte. Dann hatte er ihre anderen Briefe gelesen, jeden einzelnen, und die Zeichen waren deutlich zu erkennen.

Mrs. Spano. So heiße ich jetzt. Nicht mehr Bonnie Youmans, nur noch Bonnie Spano. Fühlt sich komisch an. Vielleicht hätte ich mir keinen Spano aussuchen sollen, was meinst Du?

Er wußte sehr gut, was er meinte, und sie wußte es auch.

Henry und ich sind nach Buttermilk Falls rausgefahren, es war toll.

Weil sie dort vorher mit ihm gewesen war; sie waren zusammen dort gewesen, während sich die Blätter färbten, und er hatte gewünscht, er hätte einen Fotoapparat dabei, und es war mehr als toll gewesen. Unglaublich war das richtige Wort: die schönste Zeit. Er konnte einfach nicht übersehen, daß es etwas zu bedeuten hatte, wenn sie über Buttermilk Falls schrieb.

Sie wollte, daß er kam und sie holte. Sie wollte nicht bei Henry bleiben. Das war klar.

Er mußte dann natürlich eine größere Wohnung finden, seine jetzige taugte nichts. Probleme mit der Einwanderung waren zu erwarten, und mit ihrer Scheidung, und vielleicht gab es wegen der Belastung auch ein bißchen Streit, aber vor allem würde sie der Streß enger zusammenschmieden, und ihnen würde ganz klar, daß ihre Entscheidung richtig gewesen war. Er würde zugeben, daß es falsch gewesen war, sie zu verlassen, ohne wirklich zu begreifen, wie sie sich fühlte, und sie würde ihm schon wer weiß wie oft gesagt haben, daß Henry ein Fehler gewesen sei, den sie nur gemacht habe, weil sein Weggehen sie so geschmerzt hatte.

Auch wenn Henry sie gefickt hatte, denn so etwas tat ein Ehemann schließlich, das zählte nicht. Bonnie hatte sicher nur aus Pflichtgefühl mitgemacht, oder vielleicht aus Einsamkeit, aber Henry machte es nicht richtig, auf gar keinen Fall konnte er das. Es war einfach unvorstellbar, daß Henry im gleichen, schmerzhaft schönen Jazzrhythmus in sie hineinglitt, an den sie sich bestimmt erinnerte, oder daß er sie auf den Hals, in die Achselhöhlen, auf die Brüste küßte – es war einfach nicht vorstellbar, daß er das tat, wann immer er wollte, mittags, überraschend auf einen schnellen Sprung nach Hause gekommen, abends, wenn sie sich gegenseitig in der Küche aufgeilten, oder hemmungslos im Bett, nur sie nackt. Einfach nicht vorstellbar.

Er rollte zurück auf die andere Seite und bekam wieder einen Schlag in den Rücken. Er stöhnte gehorsam.

Dreckskerl Spano. Glückspilz, Dreckskerl Spano. Aber nicht mehr lange.

Denn die Flugzeit verrann, und die echte Zeit faltete sich zusammen, und wenn sein Körper in den frühen Morgenstunden angekommen war, konnte er seine Uhr auf die frühen Abendstunden stellen, Amerika, östliche Zeit. Wenn das Flugzeug landete, würde er vielleicht gar applaudieren. Nicht so wie die behüteten Südeuropäer – die ihre sichere Rückkehr aus den tödlichen Höhen feierten –, sondern wie ein Mann, der gekommen war, um seine Braut zu fordern. Die Braut eines anderen, zugegeben, aber das ließ sich schnell klären.

Er würde die dünnen Metallstufen der Gangway hinuntersteigen, auf die klassische, schicksalhafte B-Movie-Art, und dann würde er atmen, richtig atmen, denn nur in dem Moment ließ sich wirklich erkennen, wie Amerika roch, bevor er sich daran gewöhnte. Er würde den süßen Duft in seinem Mund bewahren, den bitteren Beigeschmack der Maschinen ignorieren und nur den endlosen Streifen Energie und Weite herausfiltern. So hatte er den Geruch jedenfalls in Erinnerung – nach guter, süßer und irgendwie stimulierender Weite. Und genauso hatte auch Bonnie Youmans geduftet.

Und um hinaus und zu Bonnie Youmans zu gelangen, mußte er sich nur in einer Schlange anstellen. Das hätte ihn normalerweise ungeduldig werden lassen, gereizt, unfreundlich, aber für Amerika versuchte er, ein guter Junge zu sein, ein braver Junge. O ja. Denn er war ohne jeden Zweifel so müde, daß jeder alles mit ihm anstellen konnte, alles, was sie mit seinem hilflosen Körper anstellen wollten, stundenlang. Sie konnten ihn abführen, ausziehen und durchsuchen, sie konnten ihm schreckliche Gewalt antun, und er würde keinen Laut der Klage oder Beschwerde äußern, obwohl er sicher ein bißchen wimmern würde, wenn sie mit Elektroschocks anfingen. Er versuchte zu gehen und nicht zu schlurfen, das schmerzhafte gallefarbene Licht im *JFK Terminal Sonstwo* im Gesicht, und versuchte keinem Uniformierten direkt ins Auge zu schauen, weil er fürchtete, dann herausgezogen und mit Pistolengriffen verprügelt zu werden oder ohne Betäubung Stromschläge in die Genitalien zu bekommen.

Vielleicht setzte langsam die Paranoia ein. Er war mit Sicherheit nicht fähig zu denken und vor Erschöpfung launisch – wenn dies das richtige Wort war, wahrscheinlich nicht –, sein Denken konnte also unmöglich funktionieren.

Tatsächlich mußte er nur winzige Grausamkeiten erdulden. Nachdem er Schlange gestanden hatte, um das Flugzeug zu verlassen, stand er wieder Schlange, um seine Tasche durchsuchen, seine Erklärung moralischer Unbedenklichkeit überprüfen und seinen Paß stempeln zu lassen. Er tat, wie ihm geheißen wurde, plötzlich ängstlich wegen des Schadens, den die vergangene Nacht seinem Rücken zugefügt haben mochte; die Schmerzen einer Nacht, die hier noch gar nicht vergangen war. Schließlich humpelte er, die Augen geradeaus, über die magische Linie in eine neue, nicht angebrochene Nacht, E Pluribus Unum, die Nacht der Vereinigten Staaten von Amerika.

»McGhee. Nein, äh, Entschuldigung, McFee. Ich heiße McFee. Entschuldigung. Müde.«

Er buchte ein Motelzimmer in der Nähe des Flughafens, des anderen Flughafens, nicht La Guardia, der andere, Newark. Ja. Da mußte er als nächstes hin. Wenn er den Kopf drehte, brach ein unbestimmbarer Druckschmerz in Nierenhöhe auf. Er durfte den Kopf nicht drehen.

»Eine Person. Eine Fahrkarte für eine Person und eine Tasche. McFee. Nein. McGhee. Nein, das war schon richtig, McFee.«

Jedes Schlingern des Busses überzeugte ihn, daß er gelähmt sein würde, wenn er ausstieg. Oder vielmehr, wenn er versuchte auszusteigen und es nicht mehr konnte. Dann mußte er deutlich machen, daß seine Angehörigen die Busgesellschaft verklagen würden. Das Problem war nur, Angehörige aufzutreiben. Er würde welche machen müssen. Seine und Bonnies Kinder, denen würde er schon beibringen, wie man jemanden verklagte.

Wenn er sich ans Fenster lehnte, war anscheinend nur die Hälfte seiner Wirbelsäule in schrecklicher Gefahr. Vielleicht konnte er sich dann nach einiger Übung mit einer Art schlurfendem Hüpfen eigenständig bewegen.

Aber in Wirklichkeit würde es ihm natürlich gutgehen; Bonnie brauchte ihn gesund und fit, wenn seine Erinnerung nicht trog. Er versuchte, sich an seine Erinnerung zu erinnern, irgend etwas Schmuddeliges zu finden, das ihn während der Fahrt bei Laune hielt. Ihr Rücken – sich an ihren Rücken zu schmiegen und seinen Schwanz leise zwischen ihren Beinen und ihren Arschbacken anklopfen zu lassen. Daran konnte er sich erinnern, an jeden Zentimeter.

Wenn er es lebend ins Hotel schaffte, konnte er sich einen runterholen. Darauf durfte er sich freuen.

»McFee.« Er war nicht in der Schlange an der Rezeption gestorben.

»Ein Zimmer für McFee?« Baden und sich einen runterholen.

»McFee?« Bloß einen runterholen. »Gut. Schön. Großartig. Gut. Danke.«

Er schlief auf der Bettdecke ein und sah sich nicht Jay Leno an.

Dann erwachte er aus einem Traum von gefrorenen Wäldern, von milchweißen und flaschenblauen Flüssen und rosafarbenen Sonnenstrahlen auf vereisten Büschen und Birken: das Bild der Landschaft, die Bonnie jeden Tag sah. Sie liebte sie, das wußte er. Das war sicher der einzige Grund, warum sie hiergeblieben war.

Draußen schwebte Schnee durch den Nebel herab, und die Morgenröte kämpfte sich den Himmel frei.

Unter der Dusche kümmerte er sich um seinen Ständer: Er stellte sich ihre Haut vor, ihren Kuß, alles an ihr, und in einer Art verschwommenem Atemzug war alles vorbei, viel zu schnell vorbei. Das mußte jetzt allerdings genügen; später würde es noch genug und bessere Gelegenheiten geben.

»Mr. McFee?«

»McFee, ja. Ich ziehe aus. Kann ich irgendwie zum Flughafen kommen?«

»Aber sicher, klar.«

Und das stimmte wunderbarerweise sogar. Er brach sich in einem weiteren selbstmörderischen Kleinbus ein paar Rückenwirbel und krabbelte am Flughafen Newark aus dem Gefährt, um einen Sitz im nächsten Flug nach Ithaca einzunehmen. Es drohten zwar leichte wetterbedingte Verspätungen, aber eine Absage des Flugs war nicht zu befürchten. Alles war gut. Er würde seinen Aufstieg über die Kiefernwälder und die sanften Hügel bekommen, und über pastellfarbene Häuser, die wie Bienenstöcke und wie die Liebe gebaut waren.

Er beschloß, sie jetzt nicht anzurufen. Er mußte zu seinem Flugsteig und sich bereitmachen. Außerdem war um diese Tageszeit der gute alte Spano vielleicht noch zu Hause. In diesem Moment lag er womöglich neben Bonnie, wachte auf, berührte sie, denn verheiratete Menschen schliefen oft zusammen und taten solche Dinge, auch wenn nur einer von ihnen es wollte. Die Vorstellung, daß Spano seine Finger in Bonnie steckte, verursachte ihm Übelkeit.

Er könnte anrufen und dann nichts sagen; dann würden diese Schweinereien wenigstens aufhören, aber er würde auch Verdacht erregen, und seine Ankunft wäre nicht mehr die schönste Überraschung, die man sich denken kann. O Gott, sie würde sich so freuen, ihn zu sehen. Sie würde zuerst mit den Augen und dann mit dem ganzen Gesicht lächeln, und dann würde er sie im Arm halten, wenn sie anfing zu weinen, was ziemlich wahrscheinlich war, weil sie wußte, daß sie jetzt gerettet war.

Das fehlende Frühstück ließ ihn etwas schwindlig werden, und sein Rücken schmerzte in der Mitte, als wäre er gequetscht, aber er sprudelte vor Freude, denn in seinen Lungen brannte ein Geheimnis, das immer heißer wurde. Niemand hatte eine Ahnung von dem, was er tat – daß er in Ithaca aus dem Flughafen schlendern, ein Taxi in die Rochester Street, Nr. 41, nehmen und in nur einer Stunde, vielleicht nur einer Dreiviertelstunde, Bonnie Spano lecken würde, bis sein Mund fusselig wurde, darauf könnt ihr Gift nehmen.

Er merkte, daß er wieder seine Reisetasche umarmte, von Sehnsucht überwältigt. Seine Arme begannen zu zittern, obwohl er doch wußte, daß jetzt alles gut war und daß er heute noch ein Happy-End bekam. O ja.

Sie dachte es nur. Weil es sich gut anfühlte.

Man kann jemanden mit einem Bleistift gehörlos machen. Man muß ihn nur ins Ohr stecken und hineindrücken.

Suzanne fühlte sich wohl. Sie dachte und sah zur Seite, ins Dunkle einer Toreinfahrt, versuchte gar nicht, etwas zu erkennen, sah nur ins Weite und spielte mit Gedanken.

Peng, peng, du bist taub. Aber warum sollte der andere dich das tun lassen? Und warum würdest du das tun wollen?

Ben bewegte sich unter dem Bogen hindurch, der zur Küche führte, und kreuzte damit ihr Sichtfeld. Ben war kein Mensch, der ging. Ben bewegte sich einfach und unaufhaltsam, in gewohnter, gleichmäßiger Geschwindigkeit. Sie sah seinen Körper geduldig durch die Umgebung schneiden, wie Asphalt oder ein Schienenstrang in der Wüste. Ben korrigierte sie gewöhnlich und ersetzte ihre Worte für »Asphalt« und »Schienenstrang« durch die richtigen amerikanischen, aber sie war es gewohnt, in britischem Englisch zu denken, denn so vergaß sie nicht, wer sie war. Ben blieb natürlich immer Ben, und er war in jeder Sprache glatt und gerade wie ein Zielfernrohr, gehärtet und genau. Wenn Ben irgendwo zum Stillstand kam, dann sicher nur, weil Ben den optimalen Ort gefunden hatte, an dem Ben sich behaglich fühlen konnte.

Er ging an ihr vorüber, tätschelte ihre Schulter und schoß sein Lächeln ab, das sie immer noch irritierte. Manche Amerikaner hatten einfach zu viele Zähne oder zu gute, oder zu große – sie waren offensichtlich eine neue und verbesserte Version des Menschen. Sie waren auf beunruhigende Art gut fürs Fressen ausgerüstet.

Sie sah zu, wie Ben eine kleine Tür hinter sich zuzog und sie mit dem Flur allein ließ. Bald würde Rochelle nach ihr suchen, das wußte sie, und dafür sorgen, daß sie sich wieder amüsierte. Oder vielleicht war Ben ja ausgesandt worden, sie zurückzuholen. Es war ihr egal. Im Augenblick konnte sie der Party zuhören und nachdenken.

Ich glaube, daß der menschliche Wille und Geist von außerordentlicher Kraft sind und sich sowohl über Bleistifte als auch über beunruhigende Zähne erheben können. Ich weiß zum Beispiel von einer Frau, der von einem Alligator ein ganzes Bein abgebissen wurde; sie hat nie auch nur daran gedacht, aufzugeben, weder während des wütenden und blutigen Angriffs, noch später, in ihrem einbeinigen Leben. Ich kann nur hoffen, daß ich kämpfen könnte, wenn ich von einem fleischfressenden Reptil in die Enge getrieben würde. Ich hoffe, ich könnte daran denken, daß der Mensch nur wenigen Belastungen nicht standhalten kann, wenn mich ein Gewalttäter mit einem Bleistift bedrohen würde – oder ein Folterknecht –, wenn mir damit gedroht würde, in zwei Stichen taub zu sein.

Hinter der Tür hörte man das Geräusch der Klospülung, eine leise Unmutsäußerung, das blubbernde Rauschen des Spülkastens, eine Pause. Ben öffnete die Tür und ragte vor ihr auf, kam mit seltsamer Intensität auf sie zu. Als er stehenblieb und dann langsam neben ihrem Stuhl niederkniete, war seine gerunzelte Stirn nicht zu übersehen.

»Ben? Stimmt was nicht?«

»Das verdammte Ding funktioniert nicht richtig. Ich konnte nichts machen.«

»Das verdammte Ding ...?«

»Funktioniert nicht. Es ... war schon da, als ich reinging, und es ist immer noch nicht weg. Ich weiß nicht, heutzutage funktioniert nichts mehr richtig. Schrecklich. Kommst du zurück zu den anderen, Rochelle denkt, sie hat dich irgendwie beleidigt oder du fühlst dich nicht wohl oder so. Sie hat Geburtstag und fühlt sich sehr allein ...« Bens Gesichtsausdruck wurde so weich, daß man seine Gefühle Rochelle gegenüber für nichts anderes als liebevolle Sorge halten mußte.

»Ben, es ist nicht mein Problem, daß sie keine anderen Frauen eingeladen hat.«

»Sie mag Frauen nicht. Trotzdem sehnt sie sich nach weiblicher Gesellschaft, das ist ihr großes Problem. Bitte, komm wieder mit rein.«

»Ich wollte sowieso wieder rein, ich mußte nur mal an die Luft und ein bißchen nachdenken.«

»Du schon wieder mit deinem Nachdenken.« Sein Tonfall ließ vermuten, daß er ihr gleich spielerisch durchs Haar fahren würde. Er tat es nicht. Er mußte auch gar nicht. Sie fühlte sich auch so, als sei er ihr spielerisch durchs Haar gefahren.

»Ich komme gleich. Aber ich muß noch ... ich habe zuviel Kaffee getrunken.« Ben stand auf, blieb aber zweifelnd stehen. »Ich komme gleich nach. Geh ruhig.«

»Na gut, aber denk dran, es funktioniert nicht. Das Ding da drinnen hat nichts mit mir zu tun.«

Sie lächelte, sie verstand zwar nichts, aber sie lächelte trotzdem, das Lächeln einer schlecht ernährten, armen, hungrigen Europäerin.

Und da war es – es wartete in Rochelles Toilette –, das Ding, daß Ben nicht beseitigen konnte. Das war nur zu verständlich, denn das Ding konnte der normalen Spülung zweifellos leicht widerstehen. Lang, dick, solide, von der Farbe süßen Karamels, oder vielleicht auch Milchschokolade, schwamm es in den schattigen keramischen Kurven der Kloschüssel: ein wunderbar monströser hellbrauner Schiß. Aber nicht von Ben. Nicht von Ben gemacht. Er hatte sich ganz deutlich ausgedrückt.

Als hätte sie sich all die Jahre nicht vorstellen können, warum Ben ins Bad, Austreten, auf die Toilette, aufs Klo ging. Als wäre ihr das immer ein großes Geheimnis geblieben, das es auch bleiben sollte. Wenn Ben sagte, daß er sich »kurz frisch machen« wollte, dann meinte er auch nur genau das. Er ging kurz weg, um dann frischer zurückzukehren, nach Seife und Eau de Toilette duftend; noch angenehmer als vorher, obwohl jeder Mensch der Meinung war, daß er ohnehin ständig angenehm war.

Ben hatte keine Körperfunktionen. Ben bewegte sich, er ragte auf, er konnte sofort den mentalen Zustand all seiner Bekannten einschätzen, und er war ein guter Zuhörer, einer der besten, aber er war nicht der Typ für Körperfunktionen. Es sei denn, man zählte Sex mit; aber auch das wirkte bei ihm eher sportlich, gesund und kathartisch. Die Katharsis war bei Ben garantiert. Er fand *ganz genau* heraus, was man mochte, und erzählte einem *ganz genau*, was er mochte, und übte dann so lange, bis beide Kataloge von Vorlieben *ganz genau* zueinander paßten. Er konstruierte ein fehlerfreies Liebesspiel, so als wäre es dabei nie um Körperfunktionen gegangen.

Aus purer Neugier drehte sie sich um, nachdem sie gespült hatte, und schaute nach. Alles weg.

Im Wohnzimmer hatten sich die Gäste so gruppiert, wie sie es erwartet hatte: Alle scharten sich um Ben. Er hielt keine Rede oder dergleichen, aber er war trotzdem der Mittelpunkt der Aufmerksamkeit. Im Augenblick hörte er Carter und Daniel zu, die mit ihm sprachen wie verirrte Kinder oder Hilfe suchende Patienten oder Leute, die um einen sehr hohen Kredit nachsuchen. Rochelle und Peter, Herman, Max, sie alle plauderten überzeugend miteinander, aber wenn Ben ihre Aufmerksamkeit brauchte, würde schon eine kleine Modulation des Tonfalls, ein kleines, aufforderndes Lachen genügen, sie komplett auf ihn zu fixieren. Das war so sicher wie der Sonnenuntergang. Ben war ein Sog.

Rochelle schwenkte ihr Scotchglas, der Whisky schwappte gefährlich nah an den Rand, und blickte dabei zur Tür. Mit vollendeter Eleganz schaute sie ein zweites Mal hin. »Suzanne, alles in Ordnung? Ben meint, es geht dir gut. Du bist doch nicht müde? Sind wir zu langweilig?«

Mit einem Bleistift. Taub.

»Nein, mir geht's gut. Ich habe nur mal frische Luft geschnappt. Es war heute ein bißchen komisch bei der Arbeit.«

»Na, dann ist es ja gut. Komm, setz dich zu mir.«

Rochelle klopfte neben sich auf den leuchtend bunten Webteppich, und Suzanne hockte sich gehorsam hin. Sie hatte schon im voraus daran gedacht, daß Rochelle ihre Möbel am liebsten gar nicht benutzte, und sich deshalb fußbodenfreundliche Kleidung angezogen. Sie trug einen weiten indischen Hosenanzug aus Seide. Indisch, nicht indianisch. Wäre Suzanne wie eine Indianerin gekleidet, hätte Rochelle ihr sicher Decken und Glasperlen angeboten. Das wäre ihre angemessenste Reaktion gewesen. Auch so, als britische Staatsbürgerin in der Tracht einer früheren britischen Kolonie, machte sie es der Gastgeberin immer noch nicht leicht, sich zur Begrüßung zwischen einem Martini und einem Warentausch zu entscheiden. Jedesmal, wenn Rochelle sie ansah, hörten sie beide das billige Klimpern bunten Glases.

»Ist wirklich alles okay? Du siehst ein bißchen blaß aus, meine Liebe.«

Wie viele andere Leute auch behandelte Rochelle Suzanne, als wäre sie vom ständigen Kontakt mit Ben irgendwie geschwächt oder gebrechlich. Manchmal ertappte sich Suzanne selbst dabei, wie sie vor dem Erklimmen einer Treppe Kraft schöpfte oder durch einen langen Satz stolperte, als sei sie eine gerade entlassene Patientin.

»Du hast gar keinen Drink, Schätzchen.«

»Das ist schon okay. Ich habe keinen Durst. Im Moment nicht.«

»Wie du willst ...«

Rochelle wandte sich mit einem Lächeln wieder an Peter, um ihm zu bedeuten, daß sie ihre Unterhaltung wieder aufnehmen könnten. Suzanne blieb sich selbst überlassen und lächelte nicht, sondern studierte zufrieden die Geometrie des Teppichs, während Rochelle begann, sie gründlich zu ignorieren. Rochelle ignorierte einen mit Flair; sie legte dabei einen Elan und eine Leutseligkeit an den Tag, die andere Leute nicht mal im intensiven Gespräch erkennen ließen.

Wenn man etwas Kräftigeres nimmt als einen Bleistift, zum

Beispiel einen Metallkugelschreiber, kann man mit einem kräftigen Stoß auch ins Gehirn eindringen und irreparable Schäden verursachen, die sogar zum Tode führen können.

Neben dem zugedeckten Konzertflügel neigte Ben seinen Kopf nach links, was bedeutete, daß er äußerst konzentriert zuhörte, daß er einen besseren Einfallswinkel für den Schall oder auch für den Sinn der Worte herzustellen versuchte. Bens erstaunlich dunkelblaue Augen waren offen, kalt und hungrig wie die eines Säuglings; Daniel verschränkte und verknotete ständig unwillkürlich seine Finger unter einem Knie. Sein Mund stieß dünne Sätze aus, denen sein Gesichtsausdruck völlig widersprach. Carter schien verwirrt, aber Ben war großzügig entschlossen. Er hörte zu, wie eine russische Ikone zuhört: absolut.

Unter dem Flügel lag willenlos hingestreckt Rochelles Katze. Jeder kannte diese Katze. Sie sah so ähnlich aus wie eine Siamkatze, war jedenfalls sehr teuer und verschwand manchmal monatelang. Rochelle blieb entweder völlig aufgelöst oder fast narkotisiert zurück, je nachdem, welchem Doktor sie gerade uneingeschränktes Vertrauen schenkte. Die Katze trug eigentlich den Namen *Shelley*, aber jeder nannte sie *Prozac.*

Wenn Prozac zu Hause war, schmollte sie meistens in der Küche oder drückte sich in den Schatten in irgendwelchen Zimmerecken. An manchen Tagen jedoch kreiste sie kreischend auf Kopfhöhe um die Wände, wie ein Todesfahrer an der senkrechten Holzwand – nur von Geschwindigkeit und Haß in der Luft gehalten. Oder sie wartete nur den richtigen Zeitpunkt ab und lockte einen mit ihren geisterhaft blauen Augen näher. Prozac war blutgierig. Prozac hatte schon zwei Leute in die Notaufnahme befördert, und eines der beiden Opfer mußte sogar im Gesicht genäht werden. Wäre Prozac ein Hund, hätte man sie schon längst eingeschläfert.

Natürlich war Prozac Bens Lieblingskatze. Er konnte gar nicht verstehen, warum niemand – nicht einmal Rochelle – sie leiden mochte.

»Komm her, Shelley, komm her.« Das war fast das erste, was

Ben tat: »So eine gute Katze, die allerbeste Katze, die ich kenne.« Er stand im Flur und beugte sich nicht einmal vor, wie das eigentlich jeder Mensch tut, wenn er ein Tier ruft. »Da bist du ja. So ist's gut. Das ist sehr schön.« Bis das kleine Wesen, denn Prozac war nur ein kleines, pilzfarbenes Wesen, auf steifen Beinen auf ihn zu stakste, mit gesenktem Kopf und schwingendem Schwanz. Sie versuchte angestrengt, von diesem Mann mit der Stimme wegzukommen, die sie wie an Drähten vorwärtszog. »Schön, dich wiederzusehen, Shel.« Ben wartete, bis Prozac zu seinen Füßen erstarrte und hob sie dann auf wie einen Skalp.

Suzanne beobachtete, wie sich Bens große Hände um die wohlgeordneten Knochen und das Fell der Katze schlossen. Dann schloß Ben einen Moment die Augen, vielleicht konzentrierte er sich, und Prozacs erstaunter Körper fiel in sich zusammen. Die Muskeln erschlafften, der Kopf fiel zurück auf Bens Arm, und die Katze begann tief zu schnurren. Suzanne haßte dieses Schnurren. Ihr wurde schlecht davon. Noch nie, fand sie, hatte sie ein Lebewesen gesehen, dem jeder unabhängige Gedanke und jeder eigene Wille so vollständig entzogen worden war. Manchmal hielt die Wirkung tagelang an.

Prozac lag also betäubt unterm Piano, und man konnte sich ihr gefahrlos nähern. Suzanne selbst hatte jedoch nicht vor, ihr nahe zu kommen – sie wollte die Wehrlosigkeit nicht ausnutzen. Sie erinnerte sich außerdem, daß sie in Prozacs Blick oft so etwas wie Verzweiflung ausmachen konnte.

»Wovon redest du überhaupt?«

Bens unverschämt geräumiges Auto brachte sie mit sanftem Grummeln nach Hause, und sie bemerkte, daß sie sich für die Katze eingesetzt hatte.

»Ich finde, du solltest sie in Ruhe lassen.«

»Shelley? Ich kümmere mich doch kaum um sie. Bist du eifersüchtig auf eine *Katze*?«

Suzanne konnte das Wort beinahe sehen, es hüpfte durch die Dunkelheit überm Armaturenbrett. Die beiden Silben hatten einen grünlichen Schimmer – die Farbe freundlich spottenden Unglaubens.

»Ich bin nicht eifersüchtig. Ich glaube bloß, daß sie sich nicht gerne hochheben läßt.«

»Ach, Suzanne, sie kommt doch zu mir. Ich rufe, sie kommt, ich hebe sie hoch, sie schnurrt. Das würde sie nicht tun, wenn sie es nicht gern hätte. Komm, entspann dich.«

»Ich glaube, sie kann einfach nicht anders.«

»Hör zu, es tut mir leid, daß du Rochelle nicht leiden kannst, aber sie mag dich. Wir müssen sie ja nicht oft besuchen. Aber es führt dazu, daß sie etwas von mir kauft – ein kleines Bild, eine Lampe, über die man reden kann, Dinge, an denen sie sich freut, auch wenn sie glaubt, daß sie ihr egal sind. Rochelle hat nicht den leisesten Schimmer, was sie mag, es sei denn, *irgend jemand* sagt es ihr. Sie glaubt, sie sucht nur einen Weg, Geld auszugeben.«

Niemand außer Ben gelang es, den Verkauf unnützer Gegenstände an die sinnlos Wohlhabenden wie einen wenig bekannten Pflegeberuf darzustellen.

»Ich habe da noch ein paar Grabbeigaben der Lakota; die sind sehr schwer zu kriegen, und ich weiß, daß Rochelle sie wundervoll finden wird, wenn ich es ihr sage. Sie braucht diese Hilfe.«

»Vielleicht sollte sie ihr Geld eher in eine bessere Spülung investieren.«

»Hä?«

Er sagte tatsächlich »Hä?« wie eine Figur in einem Comic. Dieses kleine Geräusch ließ ihn wie eine Illustration wirken, die sie selbst gemacht hatte. »Suzanne?«

»Ich habe nur laut gedacht. Gott, bin ich müde. Bist du müde?«

»Müde? In zehn Minuten sind wir zu Hause. Ich will nicht zu schnell fahren – bei der Kälte wird es leicht ein bißchen glitschig. Aber nicht *so* müde. Bist du *so* müde?«

Diese letzten beiden Sätze schimmerten irgendwie orange. Ben legte ihr kurz die Hand auf den Schenkel und fuhr mit dem Mittelfinger von kurz oberhalb des Knies bis kurz unterhalb der

Stelle, wo er eigentlich hinwollte. Einer von Suzannes rhythmischeren Körperteilen – der Teil ihres Körpers, dessen Eigenheiten und Bedürfnisse Ben eingehend studiert hatte – regte sich kurz und beruhigte sich dann wieder. Ben hatte sich schnell von einem Kunstwerk in ein bloß dreidimensionales Wesen zurückverwandelt. Seine Hand zog sich zurück, um vor einer Kurve herunterzuschalten.

In ungefähr einer halben Stunde würde er an ihren Handgelenken lecken und an ihren Ohrläppchen saugen und sie dann ganz systematisch auseinandernehmen, den Rhythmus einschlagen, den er wollte, und sie dann in den Schlaf nageln. Während er die beiderseitig als angenehm empfundene Rundumwartung vornahm, hielt sie ihn in den Armen und war wieder einmal überrascht, daß sie ein so intensives Gefühlserlebnis mit einem Mann haben konnte, der eigentlich bloß mechanisch war. Dann brachte eine seiner punktuellen Überprüfungen sie dazu, sich zu strecken und sich unter seinem seltsam unattraktiven Körper zu biegen, während der schöne Schmerz in ihr tobte, den er so geschickt entfacht hatte, von ihrer Kehle bis zu der perfekt passenden, feuchten kleinen Öffnung, die er sich in ihr eingerichtet hatte.

Zu anderen Zeiten, in einem anderen Land, war diese Öffnung ihre Fotze gewesen. Ben nannte sie sein Bärchen. Sie fand schon, daß Bärchen ein netteres Wort war als Fotze. Bens Bärchen. Sie hatte nichts dagegen, daß es ein Bärchen war, sie fand es nur komisch, daß es nicht ihres war. Bens Geschlechtsteil war ganz attraktiv, aber sie hatte nicht die Absicht, Besitzansprüche darauf zu erheben.

Die schwere, dichte Bewußtlosigkeit, die auf Ben immer folgte, füllte Suzanne mit Träumen. Ausgedörrte Dramen unter hohen Himmeln wirbelten und strudelten um sie herum, als würde die unmögliche und normalerweise geschmacklose Körperflüssigkeit, die Ben sie zu schlucken gelehrt hatte, sowohl für Schlaf als auch für Halluzinationen sorgen.

Eine junge Frau flimmert aus einer Wüste heran, die von hung-

rigen Reptilien und Leuten beim Überlebenstraining bevölkert ist – ein Ort übler Vorahnungen und unamerikanischer, absichtlicher Todesfälle. Ich sehe sie als eine Art Pionier – ein leuchtendes Vorbild, sie läuft meilenweit durch offenes, keuchendes Weiß, und nur ihr Lächeln und ihre Entschlossenheit halten sie aufrecht. Dann kommt sie an einen Ort, der Rockaway heißt und wo es nichts gibt als eine alte Tankstelle und einen Mann, der wartet.

Irgend etwas an diesem Mann hält sie auf, bremst ihre Bewegung, bis sie schließlich ganz unverhofft bemerkt, daß sie in der Rockaway Gas Station lebt, mit diesem Mann lebt. Als Paar passen sie überhaupt nicht zueinander, aber irgendwas hält sie hier zusammen, aneinander gefesselt. Manchmal kann ich dieses Irgendwas sogar sehen, wie es sich in der brütenden, sinnlosen Hitze windet und biegt und schmilzt.

Ich beobachte die Frau, wie sie immer wieder die traurige Sammlung unnützer Gegenstände durchsieht, die der Mann hier angehäuft hat, um sie an vorbeikommende Autofahrer zu verkaufen – obwohl natürlich gar keine Autofahrer vorbeikommen. Sie zählt die Starthilfekabel und die Zangen, die Benzinkanister und die rohen Drahtschlingen, die unerklärlichen und irgendwie verführerischen kleinen Messer. Sie findet eine Streichholzschachtel voller Milchzähne, ein altes Tagebuch und ein halbes Dutzend gelber Bleistifte, frisch gespitzt.

Wieder wach, bemerkte Suzanne, daß an dieser Tankstelle zum Teil der Inhalt der Küchenschubladen ihrer Großmutter zu finden war. Ihre Großmutter hatte im Krieg geheiratet, hatte einen Mann geheiratet, der ihre Eheschließung kaum mehr als ein paar Wochen überlebte. Wie Tausende andere hatte sie sich auf Gedeih und Verderb der Gnade der Zukunft ausgeliefert und herausfinden müssen, daß die Zukunft gerade andere Dinge im Kopf hatte. Großmutters erster und nie erwähnter Ehemann hatte noch eine Weile in einem Krankenhaus in der Nähe von Stratford-upon-Avon vor sich hin gedämmert. Er hatte bestürzt feststellen müssen, daß eine Bombenexplosion ihn taub, blind und unbeweglich gemacht hatte.

Wenn die junge Frau, die in Rockaway hängengeblieben ist, weiter von Blut und Mord träumt, könnte sie eines Morgens plötzlich aufwachen und den Mann neben sich fragen wollen, wie gelassen er sterben würde.

Ben weckte erst Suzanne und dann sein Bärchen um neun Uhr morgens. Sie wehrte sich ein wenig an seiner Brust, sie träumte noch von Staub und gebleichten Knochen.

»Ben?«

»Wer sonst. Guten Morgen. Wie geht's?«

»Ach. Ein bißchen groggy, glaube ich. O Gott, wir haben verschlafen. Warum hast du mich nicht geweckt?«

»Habe ich doch gerade. Du hast es vergessen, nicht wahr?«

»Vergessen?«

»Heute nehmen wir uns frei. Nichts als kuscheln, bis ich los muß. Das ist sehr gesund. Bleib einfach liegen, solange du willst, und dann bringe ich dir was Leckeres. Es schneit seit dem Morgengrauen. Ziemlich viel. Wir haben uns den besten Tag zum Zu-Hause-Bleiben ausgesucht.«

»Wie lange bleibst du weg?«

»Zwei Tage – höchstens drei. Keine Sorge.«

Suzanne machte sich keine Sorgen. Sie wartete, bis die Schlafzimmertür zufiel und schlüpfte dann aus dem Bett und ging zum Fenster. Unten auf der Straße wußte jeder genau, was er zu tun hatte. Die Fußgänger schlitterten vollkommen richtig im weichen Puderzuckerschnee, hüpften oder staksten auf Zehenspitzen über die Matschpfützen und Eisseen am Fahrbahnrand. Mr. Beck vom Obstladen gegenüber brachte so eine Art Rasenmäher zum Einsatz, um die festgetrampelte Schicht vor seinem Geschäft zu zerkleinern. Sein Sohn schaufelte die Schollen sauber zur Seite. Die jahreszeitlichen Veränderungen wurden hier kaum geduldet, sie hatten keine Chance. Die Luftschächte der U-Bahn hatten ihre Metallgitter schon wieder freigetaut und sahen ganz normal aus; ungeheure Dampfsäulen verdeckten die Straßenarbeiten an der nächsten Kreuzung. Der Himmel sah ganz nach

Frost aus – von blassestem, gnadenlosem Blau –, aber die Stadt arbeitete immer noch unter der Oberfläche, angefeuert von einer unauslöschlichen, siedenden Hitze.

In einem Wüstenkaff namens Rockaway wird die junge Frau von der Hitze gefangengehalten. Es ist offensichtlich, daß sie weder den Mann noch die Tankstelle je verlassen kann, wenn nicht vorher etwas Furchtbares geschieht. Sie bekommt Kost und Logis für ihre Arbeit, aber es gibt kaum etwas zu tun. Also ist ihr Lohn sehr gering. Mit jeder Nacht, in der die Felsen vom Wüstenfrost zersprengt werden, schuldet die junge Frau dem Tankstellenbesitzer mehr Geld. Irgend etwas daran ist ungerecht, und ihre Entschlossenheit wird auf eine harte Probe gestellt, und ihr Lächeln wird schmaler.

Wäre heute ein heißer Tag gewesen, hätte Suzanne mit Ben spazierengehen und später vielleicht im Park sitzen müssen. Wenn man weit genug in den Park hineinging, konnte man den Verkehr fast für Meeresrauschen halten oder für den Wind in zahllosen Baumwipfeln. Suzanne konnte dort auf einer Böschung oder einer Bank sitzen und sich in Gedanken auf die Thousand Islands oder zu den Finger Lakes versetzen, wo sie und Ben als frisch Verheiratete einmal hingefahren waren, als er noch nicht ganz genau wußte, wie er ihr Vergnügen bereiten konnte. Sie hatten sich davongeschlichen, um aneinander zu üben, an einem Ort, wo sie sich darauf konzentrieren konnten.

Im Freien konnten sie sich natürlich auch konzentrieren, aber dort waren sie nie allein. Wenn sie zu lange mit Bens Arm auf ihren Schultern oder unten auf ihrem Rücken oder in irgendeiner anderen Haltung verharrten, dann passierte es – der Sog. Als hätte Ben Futter ausgestreut oder einen Ruf ausgestoßen, oder mehrere Handvoll Pheromone in die Luft geschleudert, flatterten plötzlich von allen Seiten Vögel auf sie herab. Jedesmal, wenn sie mit Ben in die Natur hinausging, gab es den gleichen fröhlichen Ansturm, der an Hitchcock erinnerte. Auch mit anderen Tieren: alle wollten in seiner Nähe sein.

Es war peinlich. Leute blieben stehen und guckten und wurden dann natürlich auch angezogen. Ben blinzelte in die Sonne und kratzte sich vorsichtig über dem Ohr im Haar, während sich rund herum der Rasen mit friedlich regungslosen Körpern bedeckte. Hunde zerrten an ihren Leinen oder trotteten unerschrocken heran, ließen die Köpfe hängen, legten sie schließlich auf die gefalteten Pfoten und ignorierten jeden anderen Ruf oder Befehl.

Die Tauben kamen am dichtesten heran – so wie beim heiligen Franz von Assisi, nahm sie an. Sie jagten ihr beinahe Angst ein. Völlig stumme Federbüschel schauten Suzanne aus ihren goldumrandeten blutroten Augen an, als sei sie das einzige, was nicht in ihre Welt paßte.

Deshalb freute sie sich, wenn es draußen kalt und ungemütlich war. Dann konnten sie nicht hinausgehen und die Natur aus dem Gleichgewicht bringen.

Ein Mensch, der durch einen Unfall taub wird, verliert einen wichtigen Zugang zu seiner Umwelt. Die Muster und Rhythmen der Realität verschwinden. Schon die Bewegung von einem Zimmer ins nächste kann unerträglich werden, das Verlassen des Hauses ganz unmöglich.

»Laß uns spazierengehen!«

Ben runzelte die Stirn über ihre Ellbogen, die auf dem Tisch lehnten. Suzanne gab sich Mühe, sie genau da zu lassen, wo sie waren, obwohl ihre Haltung nicht besonders bequem war und einen seltsamen Druck auf ihre Lendenwirbel ausübte. Sie wußte, daß Bens Mutter seine beiden Ellbogen jahrzehntelang unter strengster Kontrolle gehalten hatte. Bens Ellbogen lehnten sich nicht auf oder lungerten gar herum. Selbst jetzt reagierte er bisweilen noch komisch auf den Anschein körperlicher Entspannung.

»Suzanne? Ich habe gesagt, laß uns spazierengehen. Wir können zu *Reuben's* gehen, du magst doch *Reuben's*.«

Alle ihre Vorlieben – er hatte jede einzelne im Kopf. Ja zu Fellatio – wenn du nicht drängst; nein zu Roggenbrot – worunter du es auch versteckst. Ja zu Baumwolle und den *Disaster Chronicles* und *Latkes*; nein zu Newt Gingrich, zu Ragtime und zu Räucherlachs. Nein zum Jemals-seine-Meinung-Ändern.

»*Reuben's*. Ich weiß nicht. Da bekommt man immer so große Portionen. Ich mag das ganze Essen nicht verschwenden.«

»Du kriegst überall so große Portionen. Hier in Amerika essen wir alle, wie du dich vielleicht erinnerst.«

»Ja, sicher.«

»Komm schon! Wir packen uns ganz dick ein und halten Händchen in Fausthandschuhen, das wird toll. Haben wir doch letzten Februar auch gemacht, nicht wahr? Ich habe überhaupt nicht mehr damit gerechnet, daß wir dieses Jahr Schnee kriegen. Ich gehe meine Stiefel suchen.«

Ben ging vor ihr die Eingangstreppe hinunter und trat auf den Bürgersteig. Oben wirkten ihre Wohnungsfenster wie leere dunkle Felder, als sei kein Glas drin und keine sorgfältig aufeinander abgestimmten Möbel dahinter, als sei ihr Lebensraum nur noch ein Intervall zwischen zwei Etagen.

Auf den Straßen stolperten und rutschten zahlreiche Gestalten herum, die aussahen wie Ben. Männer und Frauen trugen wollene Stirnbänder und Wollmützen, gefütterte Anoraks und Stiefel mit dicken Gummisohlen, als sei das ihr natürliches Winterfell. Sie waren nichts weiter als wetterfest und tapfer. Suzanne hatte zwar ganz ähnliche Sachen an, aber der Spiegel im Flur hatte ihr schon verraten, daß sie darin noch unpassender als gewöhnlich aussah. Sie sah nicht wetterfest aus, sondern bloß unbeweglich fett. Ihr Gesicht wirkte unter der Mütze geradezu schwachsinnig, und wenn sie die Mütze abnahm, hatte sie vom Gummizug eine Druckstelle auf der Stirn, die den Verdacht nahelegte, sie habe gerade eine schwere Schädeloperation hinter sich. So wollte sie nicht rausgehen.

»Los, komm, immer in Bewegung bleiben. Wenn du nicht läufst, beißt dich der Frost. Wir haben noch genug Zeit, einen Bogen zu schlagen – ein bißchen auf Entdeckungsreise gehen.«

»In dieser Stadt kann man keinen Bogen schlagen – höchstens ein Rechteck.«

»Ja, du hast recht. Aber du weißt schon, was ich meine.«

Sie wollte nicht mit ihm spazierengehen, aber sie tat es, durch die ganze Midtown und bis nach Murray Hill hinunter. Der eisige Wind brachte ihre Ohren zum Glühen, und das leere, frostige Licht verstärkte jede Farbe schmerzhaft. Suzanne schwitzte und rutschte und fühlte sich zwischen den kreuzenden Häuserwänden, zwischen den sicheren, soliden Betonklötzen der Hudson-River-Gotik und den blendenden Glasfassaden seltsam behaglich. Ben führte sie in rechten Winkeln durch die Straßen, so wie es die planvoll angelegten Hoffnungen der Neuen Welt erlaubten, einer Welt ohne Gewissen, die solche Bauwerke hervorbrachte. Ein geruchloser Tod durch Tiefkühlung lauerte auf die Ungepflegten, aber auf den Bürgersteigen war nichts Ungepflegtes zu sehen. Alles war plötzlich betäubend sauber.

»Möchtest du mal nach deinem Lieblingsbahnhof sehen?«

Das hätte sie tatsächlich gern getan. Der aufmerksame Ben, der rücksichtsvolle Ben, der allwissende Ben hatte recht: Grand Central Station liebte sie wirklich bedingungslos. Sie hatte ihre Meinung darüber nie geändert, war nie seiner eigenartigen, marmornen Intimität müde geworden. Obwohl man nie Züge zu Gesicht bekam, war Suzanne doch noch an keinem Ort gewesen, der so viel mit Transport und Verkehr zu tun hatte. Jedesmal, wenn sie in die Eingangshalle trat und zur Uhr aufblickte, spürte sie unter ihren Füßen etwas stampfen und pulsieren. Das ganze Gebäude war ein einziger züngelnder, keuchender, zerrender Drang gen Westen. Allein die Zuganzeige weckte in ihr die Sehnsucht nach Planwagen, nach einem Führerschein, um einfach herumzufahren, nach irgendeinem Weg in die Ferne, und wenn es auch alles in Tränen endete.

Die vielen klackernd rotierenden Buchstaben zeigten bisweilen an, daß ein Zug zum Zielort mit dem besten Klang in ganz Amerika abfuhr, nach Far Rockaway. Das war gar nicht so weit: kurz hinterm Flughafen, draußen am Meer, aber sie war noch nie dort gewesen. Die Vorstellung war zu schön, um sie durch einen Besuch zu riskieren.

»Möchtest du reingehen? Raus aus der Kälte?« Ben führte sie die Vanderbilt Street entlang, ohne ihre Antwort abzuwarten.

Pioniergeist und die Entbehrungen des Wanderlebens – Umstände, die einen Hang zur Selbstverteidigung begünstigen – haben den amerikanischen Charakter geprägt, zum Guten wie zum Bösen. Ich bin Einwandererin. Meine Entbehrungen sind zwar kaum erwähnenswert, aber ich könnte immerhin ein Interesse an bestimmten persönlichen Schutzmaßnahmen entwickeln. Ich könnte Überlebenstraining betreiben.

»Mir ist noch gar nicht so kalt, Ben. Wir können noch ein bißchen laufen.«

»Du willst nicht rein? Wir sind doch schon da. Es wäre gar kein Problem. Geht es dir gut?«

»Es geht mir sehr gut. Sie haben die Straßen so gut geräumt, daß wir bis zum Village und wieder zurück laufen könnten.«

»Die *Straßen.*« Ben drückte ihre Hand, als sei eine Ehefrau, die sich einer etwas anderen Ausdrucksweise bediente, genau das wertvolle Stück, das er hatte erwerben wollen. Aber als sie ohne Zögern am Bahnhof vorbeigingen, sagte er nichts.

»Ben?«

»Ja? Wir können umdrehen, wenn du möchtest. Möchtest du irgendwas? Kann ich irgendwas für dich tun?«

»Na ja, du könntest meine Hand loslassen. Der Weg ist hier nicht breit genug, um nebeneinander zu gehen. Könntest du vorgehen?«

Blitzschnell gezogen. Auch wenn es sich nur um Bleistifte und nicht um Revolver handelte, könnte das doch eine beachtliche Bedrohung darstellen.

»Ja, ich kann vorgehen. Werden deine Beine müde? Möchtest du eine Pause? Wir könnten zurückgehen und uns einen Kaffee und fettarme Preiselbeermuffins holen. Die magst du doch gern.«

»Nein. Ist schon okay.«

Ben rutschte ein wenig aus, als er sich auf dem Eis voranbewegte. Er hielt sich an ihrem Arm fest.

»Vorsichtig, Ben.«

»Schon gut, alles okay. Möchtest du immer noch zu *Reuben's*? Suzanne?«

»Ach, ich weiß nicht. Ich hatte mich noch gar nicht entschieden. Das Spazierengehen macht mir solchen Spaß.«

Ein Angriff muß nicht immer ein Angriff sein, er kann auch vorsorgliche Verteidigung bedeuten. Das ist ein amerikanischer Lehrsatz, der leicht zu lernen ist.

»Ben, ich würde gern mal wissen –«

»Was?«

»Warst du schon mal in der Wüste? So mit Sand und einsamen Highways und hier und da einem Motel und vielleicht einer Tankstelle?«

»Einer Tankstelle?« Es war schwierig für ihn, sich beim Sprechen zu ihr umzudrehen, ohne das Gleichgewicht zu verlieren. Wolken von Atem und Körperwärme schwebten um seinen Kopf.

»Mm hm.«

»Nein, ich bin ein Stadtkind. Ich war mal draußen in Akron, weiter nach Westen bin ich, glaube ich, noch nicht gekommen. Eine von den alten Gummifabrikanten-Familien hat da ihren Haushalt aufgelöst. Da ist zwar so ziemlich der Hund begraben, aber Wüste ist es noch nicht. Warum? Würdest du gern mal die Wüste sehen? Wüstenferien machen?«

Ferien in Far Rockaway. Allein. Mit einem Bleistift zurückkommen. Peng. Peng.

»Nein. Nein danke. Ich meinte das gar nicht so persönlich. Ich habe bloß nachgedacht.«

»Ich kenne wirklich niemanden, der so viel nachdenkt wie du.« Er versuchte zu lächeln.

»Ich kann nichts dagegen tun. So bin ich eben.«

Wie sich herausstellte, hatten sie beide die ganze Zeit das Gewitter beobachtet. Der Donner hatte sich kreisend und stockend fast die ganze Nacht über ihnen eingerichtet, und sie hatten beide in ihren Schlafzimmern gestanden und zugesehen, wie der Wald aus dem Dunkel herausgebrochen wurde: das Gras, die Bäume, das Unterholz, alles genau so, wie es am Tage sein sollte, aber nur für ein paar flackernde Sekunden unter einem blendend violetten Himmel gebannt. Und am Ende eines jeden dieser künstlichen Tage erblindete das Fensterglas wieder und zeigte ihnen bloß ihr Spiegelbild, das im Krachen des Donners leicht erzitterte. Nach einer Weile kam ihnen beides fremd und rätselhaft vor.

Das hatte Sarah jedenfalls gefunden. Das kühle Abbild ihres Gesichts im Fenster hatte sie überrascht. Es sah sehr würdevoll aus und schien in diesem besonderen, hungrigen Licht sehr konzentriert, viel mehr, als es sonst im Spiegel wirkte. Am Morgen fragte sie sich immer noch, ob diese einschüchternde Fremdheit bedeutete, daß sie sich selbst peinlich war, daß sie sich tatsächlich an den Gedanken gewöhnt hatte, nichts Besonderes zu sein. Sie sah sich jedenfalls nicht mehr besonders gern in die Augen – das konnte kein gutes Zeichen sein.

»Gott, war das großartig! Ich wäre beinahe rausgelaufen.« David lehnte am Rahmen der Küchentür und sah müde aus – wie sie wahrscheinlich auch –, aber auch zufrieden und entspannt. »Bist du davon wach geworden?« Zum ersten Mal hatte sie das Gefühl, daß er froh war, hergekommen zu sein.

»Natürlich bin ich wach geworden.«

Als er an ihr vorüberging, um sich hinzusetzen, stellte sie fest, daß er nach sich selbst roch, nach der Wärme seiner Haut, der Hitze des Schlafs. »Hattest du keine Angst?«

David hatte sich noch nicht rasiert. Sie war es nicht gewohnt, ihn mit Bartstoppeln zu sehen, genausowenig wie im Bademantel. Sarah wartete gerne, bis die ersten paar Tassen Kaffee ihre Wirkung getan hatten, bis sie ihre Schlafsachen ablegte und sich anzog. Sie hatte keinen Grund gesehen, daran etwas zu ändern, nur weil David hier war; er jedoch hatte sich bisher noch an keinem Tag blicken lassen, ohne sich vorher zu pflegen und vollständig anzukleiden. Egal, was er ihr damit für ein Gefühl vermitteln wollte, sie hatte es vor allem als abweisend empfunden, sogar als ein bißchen arrogant: ein kleiner, aber spürbarer Tadel bei jedem Frühstück.

»Und? Hattest du … Angst?«

»Hast du gedacht, ich könnte Angst haben?« Man konnte sich darauf verlassen, daß sie auf ihn losgehen würde.

»In Großbritannien gibt es solche Gewitter gar nicht …« Seine Stimme war um diese Tageszeit tiefer, ein wenig trockener – das war neu. Dachte sie jedenfalls.

»Hier drüben gibt es sie dauernd.« Besonders attraktiv war er nicht. Nicht mehr. »Na, immerhin wärst du ja auch noch gewesen, wenn ich *tatsächlich* Angst gehabt hätte.«

»Ich bin wirklich ziemlich gut darin, Leuten ihre Ängste zu nehmen.« Das sagte er ganz sanft, aber es erinnerte sie dennoch daran, daß sie ihn gar nicht mehr wirklich kannte, daß genug Zeit vergangen war, sie einander fremd werden zu lassen.

»Muß ich dir wohl glauben.« Das sollte gar nicht beleidigt klingen, tat es aber, und deshalb bemühte sie sich um einen heiteren Ton: »Ich hätte vor Angst stocksteif sein können. Du bist nicht in mein Zimmer gestürzt, um nach mir zu sehen. Du bist nicht einmal herübergeschlendert, um nach mir zu sehen …«

David weitete einen Moment die Augen und sah sie dann lange an, bevor er sich abwandte. Den hatte er schon immer gehabt, diesen Blick – *wir gehören zusammen, was wir auch sagen.*

Ihr Lächeln zog sich unsicher zurück. In Bars, auf Partys, beim Sonntagsessen im Haus seiner Mutter – eigentlich überall – hatte dieser Blick immer bedeutet, daß sie bald gehen würden, um allein zu sein, um sich zu berühren. Auf dem Weg küßten sie sich ungeduldig, auf Treppenabsätzen, in Fluren, im Auto – eigentlich überall.

Diesmal bedeutete es gar nichts, nicht heute. Es war eine blöde Angewohnheit, eine Art Tick. Es ließ ihr zwar den Atem stocken, aber nur aus Versehen. Warum sollte er das Signal aussenden, daß er mit ihr allein sein wolle, wenn sowieso niemand da war?

Er grinste, und bevor sie etwas sagen konnte, fuhr er dazwischen: »Das willst du nicht zurücknehmen?«

»Was?«

»Du willst sagen, daß du wirklich und wahrhaftig wolltest, daß ich nach dir sehe? Ich soll ernsthaft glauben, daß das Gewitter dich nervös gemacht haben könnte? Dich.« Er pochte mit dem Zeigefinger »Sarah.« auf den Tisch »Guardham.« und unterstrich damit leise jedes Wort. »Die Frau, die mir gegenübersitzt.« Diesen Satz sagte er, als sei das eine Tatsache, die er erfreulich fand – daß Sarah ihm gegenübersaß, daß die beiden allein zusammen waren.

Die Worte wurden ihr in der Kehle weich. »Vielleicht bin ich nicht mehr so wie in deiner Erinnerung. Es ist eine Weile her …«

»Ja, ich weiß. Aber du hast dich nicht verändert. Oder.« Er sah sie an, versuchte, mit einem Lächeln eine weitere Frage einzuleiten, die er aber nicht stellte. »Also?«

»Ich bin älter –«

»Bist du anders?«

»Nein.« Und das war auch nicht falscher als *Ja*, aber sie sagte es in Richtung des Fensters hinter ihm, ins feuchte grüne Morgenlicht. Als er schwieg, sah sie wieder zu ihm und bemerkte, daß er die Augen geschlossen und den Kopf ein wenig zur Seite geneigt hatte. Er atmete kurz und dünn aus und preßte dann die Lippen zu einer schmalen Linie zusammen.

Sie wollte ihn nicht ärgern. »David?« Aber sie hatte es ohne Zweifel trotzdem geschafft.

»Schon gut. Ich hab's gehört. Du hast dich nicht verändert.« Er stand auf. »Ich muß mich rasieren und was Anständiges anziehen.«

»Mußt du nicht.« Auch wenn es gar keinen Zweck hatte, etwas zu sagen, denn er hatte sich auch nicht verändert. »Nicht meinetwegen.« Wenn er sich ärgern wollte, dann tat er es auch: wurde plötzlich still, schwer und verschlossen.

»Doch, muß ich – meinetwegen.«

»Und wenn ich dich bitte, es nicht zu tun?«

»Sei nicht albern.« Er streckte sich, was ein bißchen gespielt wirkte, und nahm ihr dann die Freude an der erinnerten Nacht. »Ich habe nicht wirklich gedacht, daß du dich vorm Donner fürchten würdest. Als das Gewitter losging, bin ich einfach aus dem Bett gesprungen, und ich habe nicht ... du weißt schon.«

Und sie wußte: sein Satz sollte weitergehen *und ich habe nicht mal an dich gedacht*, und statt ihre Gefühle zu verletzen, ließ er sie die Leerstelle füllen, damit sie ihre Gefühle selbst verletzen konnte – weil sie, wie sie glaubte, eben nichts Besonderes war.

»Na, dann geh dich mal rasieren, David.« Ihre Stimme klang harsch und gealtert. »Kann nicht schaden.« Sie schaute auf seinen Rücken, als er ging, auf das kleine Haarbüschel oben auf dem Kopf, das immer in die Höhe stand, auf das sachte Heben und Senken seiner bloßen Füße. Er ging mit steifen, kurzen Schritten, es wirkte ein bißchen wichtigtuerisch.

Sarah beschloß, den gebratenen Schinkenspeck wegzuwerfen. Das war nicht sehr vernünftig, David hätte ja noch Hunger haben können, und man konnte ihn auch genausogut später kalt essen, er war noch nicht ganz nutzlos geworden. Aber sie wollte ihn nicht mehr, also kam er weg, das war alles. Wenn er Hunger hatte, konnte er sich selber welchen braten.

Sie räumte den Tisch ab und lauschte den leisen, pedantischen Geräuschen seiner Morgentoilette: das Prasseln einer langen, gründlichen Dusche, das Badezimmergeklapper, das leichte Heulen seines Rasierers, während er sich, wie sie annahm, wie üblich mit aufmerksamem Bedauern anstarrte. Die lauteren Geräusche verrieten eine gewisse Verärgerung, und einmal hörte sie seine Stimme, die sich dumpf und unverständlich beschwerte. Das Haus verkrampfte sich um sie herum, und das lag an ihm.

Also ging sie hinaus auf die Terrasse. Die Sonne stand schon hoch genug, die Bohlen zu bescheinen, und die Feuchtigkeit stieg in sacht schaukelnden Dampfschwaden von ihnen auf. Überall waren Spuren des Gewittersturms zu sehen, weiße Bruchstellen im Wald, wo Äste abgerissen worden waren, große Haufen zusammengewehter Blätter und Blüten, der Geruch von sterbendem Holz und gewässerter Erde. Am Rand der Lichtung lief ein Specht durchs Gras, so in seine Jagd nach heruntergefallenen Insekten vertieft, daß er jede Wachsamkeit vermissen ließ.

Genau das war es, was sie gewollt hatte, als sie hierher zog: ein sauberer Ort, wo sie in Ruhe zuschauen konnte, wie nicht viel passierte. Natürlich gab es ein Gästezimmer, aber sie hatte wohl nie wirklich damit gerechnet, daß jemand zu Besuch kommen und es benutzen würde. Alle Menschen, die sie hätten besuchen können, waren weit weg, durch den Atlantik von ihr getrennt, so wie die ersten vierzig Jahre ihres Lebens.

Hinter sich hörte sie eine Tür knallen, dann das leichtere Klacken des Fliegengitters und das Stampfen gereizter Füße. David ging also spazieren, ging ohne sie irgendwohin. Das hätte er auch zu Hause tun können.

Sie horchte auf seinen kräftigen Schritt auf dem schmalen Pfad neben dem Haus. Der Specht flog auf, seine Flügel zwei Propeller von leuchtendem Weiß, die im Schatten verschwanden. Im Osten begannen die Krähen aufgeregt zu krächzen. Der Mann war ein wandelnder Störfaktor. Bald konnte sie sein rotes T-Shirt ausmachen, ab und zu von Blättern verdeckt, seine blassen Arme und sein Gesicht, die vorwärtsdrängten. Er schwitzte bestimmt jetzt schon. Die alles umhüllende Feuchtigkeit verwandelte jede Anstrengung in eine schweißtreibende Angelegenheit. Der arme alte David war wie immer zu warm angezogen.

Sarah überlegte, daß sie eigentlich auch duschen und ihren Tag fortsetzen könnte, als sei er gar nicht da. Aber dann merkte sie, daß er den Weg verlassen hatte und sich zu ihr umdrehte. Er sah vom Fuß des Hügels durch eine Baumlücke zu ihr herauf. Auf diese Entfernung konnte sie seine Miene nicht erkennen, sah aber die traurig hängenden Schultern.

Unwillkürlich mußte sie an die Nacht kurz vor dem Ende denken, als sie sich gestritten hatten und er, wie üblich, davonmarschiert war. Aber dann war er nicht gegangen, sondern allein an der Theke stehen geblieben, hatte ihr den Rücken zugewandt, nichts getrunken, mit niemandem gesprochen, und als sie sah, wie es ihm ging, daß sein Elend aus jeder Linie seiner Körperhaltung sprach, wollte sie zu ihm gehen und ihn küssen, seinen Nacken streicheln. Aber *er* hatte beschlossen, daß er allein sein wollte, also spürte sie zwar den weichen Pfeil der Sehnsucht unterm Brustkorb, wehrte sich aber dagegen. Sie hatte den Pub ohne ihn verlassen, hatte die ganze Nacht in ihrer Wohnung wach gelegen und wußte, daß er diesmal nicht zurückkam.

Aber jetzt war er hier, und wieder unbeweglich und unglücklich. Das war lächerlich. Sie war kurz davor, ihm zu winken, aber sie wußte, daß David das bestimmt nicht gefallen würde – sein Sinn für Humor konnte ihm sehr leicht abhanden kommen.

Und ich habe auch keine Ahnung, WAS dir gefallen würde. Habe ich nie gewußt. Du hast es mich nicht wissen lassen.

Sie hob eine Hand zum Gesicht und strich ihr Haar zurück; dann verschränkte sie die Arme und lehnte sich nach vorn, gegen die Brüstung, gegen seine hartnäckige Aufmerksamkeit.

Wenn er da draußen jetzt nicht so albern herumstehen würde, wäre ich schon hineingegangen.

David blieb David, immer der gleiche, immer mußte alles nach seinem Willen gehen. Jetzt konnte sie sich nicht von ihm abwenden, ohne ihn unabsichtlich zu beleidigen, und konnte nicht stehenbleiben, ohne den Geist seiner Berührung auf ihrer Haut zu spüren.

Aber das ist nicht seine Absicht. Es passiert bloß. Wenn ich mich erst angezogen habe, werde ich gar nichts mehr spüren.

Und dann drehte er sich plötzlich, beinahe stolpernd wieder auf den Weg, weil er gesehen hatte, was er wollte, oder weil er entschieden hatte, daß er es nicht zu sehen bekommen würde, und das Unterholz und die niedrigen Zweige schlossen sich rasch hinter ihm, bis er ganz verschwunden war.

Man wird einfach nicht aus ihm schlau. Noch nie.

Ihr Badezimmer war voll von ihm. Er war zwar ordentlich und räumte alles wieder weg, überall, aber seine Gegenwart war dennoch unübersehbar: das zusätzliche Handtuch, noch schwer vom Wasser, der züchtig zugezogene Kulturbeutel, der feucht klebende Duschvorhang.

Nichts löst die Spannung besser als eine gute Dusche.

Sie spülte die Badewanne aus, regelte die Wassertemperatur – er schien es etwas kühler zu mögen als sie – und stieg dann hinein.

Ich hatte schon ganz vergessen, wie es war. Ein paar Tage mit ihm, ach, bloß ein paar Minuten, wenn er schlechte Laune hat, und schon kriege ich dieses Kribbeln über den Augen. Und dann muß ich unter die Dusche, um es abzuwaschen. Ein Wunder, daß ich noch keine Schwimmhäute hatte, als wir uns getrennt haben.

Vielleicht hat er ja vorhin auch versucht, meine schlechte Laune abzuwaschen. Vielleicht haben wir einfach diese Wirkung aufeinander.

Sie stand wahrscheinlich genau da, wo er vorhin gestanden hatte, nackt, wie er gewesen sein mußte.

Sinnlos. Alles, was man mit ihm zusammen anfängt, wird am Ende total sinnlos.

So wie diese Karte – die unerklärliche Karte –, die er nicht hätte schicken müssen. Zehn Weihnachten lang hatte sie nichts von ihm gehört, was sie auch gut verstehen konnte. Sie war schließlich all die Jahre ziemlich verheiratet gewesen, mit jemand anderem.

Und das war natürlich ein voller Erfolg gewesen. Sechs Monate, nachdem mit David Schluß ist, heirate ich, weil ich endlich etwas Richtiges gefunden habe – oder jedenfalls richtig genug –, und durchs Heiraten wird es für immer und ewig halten, Amen. Was zum Teufel habe ich mir dabei gedacht. Von Anfang an zum Scheitern verdammt. Hab in der Hochzeitsnacht die Tür vom Hotelzimmer hinter uns zugemacht und keine Luft mehr gekriegt. Herrgott. Mußte meinem verstörten Bräutigam erzählen, daß ich mir den Magen verdorben hätte – was auch immer, alles, bloß das nicht, nicht jetzt, nicht hier. Alles Davids Schuld.

Sie hatte immer noch keine Ahnung, wie er sie gefunden hatte. Aber aus allen möglichen Gründen, über die er kein Wort verloren hatte, war letztes Jahr eine Weihnachtskarte von ihm gekommen: eine mittelgroße, ganz nüchtern aussehende Weihnachtskarte. Seine Handschrift war kein Stück besser geworden, das konnte man schon an den paar Worten sehen, die über und unter den üblichen vorgedruckten weihnachtlichen Grüßen und Wünschen herumkrabbelten.

»Tut mir leid, daß ich so lange gebraucht habe.«

Als hätte sie auf ein Zeichen von ihm gewartet, und dann:

»Ich hoffe, du hast wirklich frohe Weihnachten und ein ebenso frohes Neues Jahr. Hier ist meine Telefonnummer. Wenn du willst, ruf mich an.«

»Wenn du willst.« So zeigte David, was er wollte, und was sie nach seinem Gefühl auch wollen müßte.

Er wußte, daß ich neugierig sein würde – und allein. Er hat nichts gesagt, aber er muß gehört haben, daß ich allein lebe.

»Gott, bin ich froh.« Die Stimme, seine Stimme, so wohlbekannt im Ohr, als hätten sie nie aufgehört, miteinander zu reden. »Du hast es also tatsächlich getan. Du hast angerufen. Und ich bin zu Hause.« Es gefiel ihr, daß er sich ihretwegen aufgeregt anhörte. »O Gott … Entschuldige. Von wo rufst du an? Ich war mir nicht sicher wegen der Adresse …«

»Amerika.«

»Im Urlaub?«

»Nein, ich lebe hier.« Schweigen ist bloß Schweigen, aber sie erinnerte sich, daß sein Schweigen verletzt wirkte, also fügte sie hinzu, »Aber ich kriege meine Post nachgesandt«, um die Pause zu füllen. »Du hast Glück gehabt, ich glaube, das hört bald auf. Ich weiß nicht genau, für wie lange ich bezahlt habe.« Und als er immer noch nichts sagte, »Das ist eine Dienstleistung ... die kann man kaufen. Ich kriege auch gar nicht mehr viele Briefe von drüben. Oder Karten.« Und schon hatte er sie eingefangen, indem er bloß still war, als wäre niemand am Apparat, aber sie merkte natürlich den Unterschied, sie spürte ihn am Hörer, sie spürte, daß es ihn verstörte, daß sie so weit weg war, das konnte sie an seinem leicht unregelmäßigen Atem erkennen. »Möchtest du kommen?«

Das hatte sie nur aus Freundlichkeit gesagt. »Zu Besuch?« Und weil sie es wohl wirklich wollte: »Könntest du?« Es war seltsam, daß sie nicht gewußt hatte, daß sie das fragen würde, bis sie es tat.

»Oh, das ... das klingt so ... das könnte schwierig werden, oder?«

»Schwierig?« David konnte ihr immer noch das Gefühl geben, sie sei unbeholfen und überflüssig. »Ja, das könnte sein. Ich arbeite freiberuflich, da vergesse ich immer, daß andere Leute –«

»Nein, nein. Ich meine, schwierig für *dich.*« Sie hörte die Nervosität unter seinen Worten züngeln und war schamlos glücklich, daß sie der Grund dafür war. Er schwieg kurz und fuhr dann vorsichtiger fort: »Ich würde, ich könnte ... mit meinem Urlaub ist das ... im Sommer würde es am besten passen. Wäre das eine gute Zeit?«

»Das wäre eine gute Zeit.«

»Das wäre eine gute Zeit?«

»Ja. Eine gute Zeit. Ja.« Und dann schienen sie beide glücklich, hörbar glücklich.

Aber ich habe ihn nicht gefragt, was er damit meinte: eine gute Zeit.

Und bei allen weiteren Telefongesprächen, als sie die Einzelheiten besprachen, hatten sie beide mit keinem Wort erwähnt, warum sie die Einladung ausgesprochen hatte oder warum er sie angenommen hatte, also, nahm Sarah an, wußten sie es beide nicht.

Soll ich mich so anziehen, als wäre es mir wichtig, was er denkt, oder bloß bequem, oder was.

Sie ließ das Wasser sehr lange auf ihren Körper fallen. Es war weniger beruhigend, als sie gehofft hatte. *Egal. In vier Tagen ist er wieder weg. Und auch das ist egal.*

Als David wieder auftauchte, hatte sie ein altes Hemd und die Jeans angezogen, die sie immer trug, wenn sie in den Wald ging, und hörte Radio. Ein paar Meilen weiter hatte der Sturm ein paar Stromleitungen unterbrochen, ein Baum war auf das Dach eines Ferienhauses gestürzt, aber niemand war dem Vernehmen nach verletzt worden.

»Wir haben Glück gehabt.«

David war in der Küche und trank mit gebeugtem Kopf Wasser direkt aus dem Hahn. »Was?« Er drehte sich zu ihr um, Kinn und Lippen naß, die Augen ein bißchen schuldbewußt. »Entschuldige. Ich hätte mir ein Glas nehmen sollen.« Die Hitze vom Spaziergang ließ sein Gesicht ungeschützt und jung aussehen – so wie es ausgesehen hatte, als sie ihn am Flughafen abholte, als er sie bemerkt und gewinkt hatte und sie damit aus der Menge hob, als eine Frau, die auf jemanden wartete, eine Frau, die bald mit ihrem erfüllten, freundlichen Leben fortfahren würde. »Entschuldige.« Da hatte sie noch gedacht, alles würde gut.

»Du mußt dich nicht entschuldigen. Du hast dir den Abwasch erspart. War dein Spaziergang schön?«

»Mm hm.« Er hielt eine Hand ins laufende Wasser, ließ sie abkühlen, und wischte sich dann mit der tropfenden Hand über die Stirn, die Wange, die Kehle. »Aber ziemlich heiß.« Etwas Feuchtigkeit sammelte sich in seinem Augenwinkel und lief dann herab.

»Was Lohnendes gesehen?«

Er beugte sich von ihr weg und drehte den Wasserhahn zu. »Ich habe eine Menge gesehen.« Dann zeigte er ihr seinen Rücken und stützte sich auf die Arbeitsplatte. Sein Haaransatz im Nacken wurde langsam grau.

»Was Besonderes?« Sie versuchte, die Frage leicht klingen zu lassen, als hätte sie nichts dagegen, wenn er sich die ihm angenehme Bedeutung aussuchte.

Diesmal nur ein Murmeln, als würde er schon bereuen, daß er es gesagt hatte: »Ich habe eine Menge gesehen.« Er verlagerte das Gewicht auf eine Hüfte. »Aber meistens weiß ich gar nicht, was ich da sehe.«

Sie trat einen Schritt auf ihn zu. »Das liegt daran, daß du in einem fremden Land bist.«

»Dann hilf mir weiter.« Die Art, wie er das sagte, ließ den Boden unter ihr schwanken.

Sie ging noch einen Schritt weiter und legte ihm eine Hand auf jede Schulter.

»Tu das nicht.« Aber er rührte sich nicht und hielt sie nicht auf.

»Du hast mich gebeten, dir weiterzuhelfen.«

»Aber das hilft nicht.« Er zog die Schultern hoch, legte den Kopf schräg und ließ sein Kinn auf den Fingern ihrer linken Hand ruhen. »Dann weiß ich gar nicht mehr, wo ich bin.«

»Du bist hier.«

»Das hilft auch nicht.«

Sie blieben beieinander, ohne sich zu bewegen. Sarah spürte die Feuchtigkeit seiner Haut, das kleine Zucken seiner Muskeln, wenn er schluckte, die glatte Hitze seiner Schultern, die sich widerstrebend unter ihren Händen versteiften, ohne daß sie es beeinflussen konnte – Mangel an Vertrauen.

Sie werden nach ihm riechen, aber ich kann sie waschen, und dann nicht mehr.

David drehte sich um und sah sie an. »Entschuldige.«

»Mm hm.«

»Nein, wirklich: Ich hätte nicht –«

»Ich auch nicht.«

Er sah jetzt sehr müde aus, aber sonst konnte sie nicht erkennen, ob er wütend war oder glücklich, traurig, gleichgültig. Es wäre sicher ganz unpassend, ihn jetzt zu küssen, aber wenn er nicht bald wegging, würde sie es trotzdem versuchen.

»Warum versuchst du nicht, noch ein bißchen zu schlafen, David?«

»Weil ich nicht –« Er unterbrach sich, grinste halb und schüttelte den Kopf. »Nein, du hast recht. Ich bin ziemlich alle. Vielleicht wird die Lage besser, wenn ich noch zwei Stunden Schlaf kriege.«

»Ist die Lage im Augenblick schlecht?« Sie wußte, daß sie das besser nicht fragen sollte – aber sie wollte es eben wissen, wenigstens einmal sicher sein.

»Ist sie …?« Er rieb sich die Augen. »Ich weiß nicht genau … ich gehe jedenfalls schlafen. Das ist eine gute Idee.« Er tätschelte ihren Arm wie ein nervöser entfernter Bekannter und ging.

Als er kurz vor fünf wieder aufwachte, briet sie ihnen beiden noch einmal Rührei mit Schinken, und sie aßen zusammen mehr als ein halbes Toastbrot.

»Ah, das war gut.« Er wischte seinen Teller mit einem kalten Stück Toast ab, und es sah so aus, als müsse sie noch mehr Essen machen. »Ich hatte ganz vergessen, daß wir den ganzen Tag noch nichts gegessen haben.« Er schaute sie kurz fragend an. »Oder hast du dir was gemacht, als ich weg war?«

»Ich habe gar nichts gemacht, als du weg warst.«

»Schön zu hören, daß es ohne mich nicht geht.«

»Es war zu heiß zum Essen.«

Er stieß ein kurzes, wenig amüsiert klingendes Lachen aus.

Sarah begriff, daß sie sich wieder streiten würden, wenn sie die Sache nicht vernünftiger anging.

»David? Ich möchte, daß wir was zusammen machen.«

»Was?«

Sein Blick traf ihren, und es lag so viel Erschrecken darin, daß es schon fast beleidigend war, aber sie sah ihn nur an und beruhigte sich.

»Ich möchte, daß wir zusammen rausgehen.«

»Wohin?«

»Bloß raus, in den Wald. Ich möchte …« Sie konnte schlecht sagen *Ich möchte dir was zeigen* – sie würde bloß anfangen zu lachen, oder er, es würde jedenfalls nicht funktionieren. »Ich möchte dir beweisen, daß ich mich verändert habe.«

»Im Wald.«

»Ich habe angefangen, auf die Pirsch zu gehen – Tiere zu beobachten, verstehst du? Ich arbeite meistens abends, schreibe die Forschungsergebnisse zusammen und schicke sie dann per E-mail weg, also habe ich die Tage zur freien Verfügung.«

»Und die verbringst du *auf der Pirsch*?« Jetzt war er nicht mehr besorgt, bloß ungläubig, mit leichtem Spott. Das konnte er gut.

»Du wirst schon sehen. Zieh dir Schuhe an, dann zeig ich's dir.« Sarah war gar nicht so gut im Pirschen: sie konnte nicht lautlos über getrocknetes Laub schleichen oder mit Sicherheit den Abdruck eines Opossums von dem eines jungen Waschbären unterscheiden oder solches Zeug – aber sie würde David trotzdem zeigen können, was sie ihm zeigen mußte, da war sie sicher.

Das Sonnenlicht rötete sich, während sie das Haus hinter sich ließen. Sie mußten ihre Augen mit der Hand abschirmen, Hitze legte sich wie eine glatte Schicht auf ihre Gesichter, und die Schatten des Waldes wurden lang und flach über den Weg geworfen. Sie wußte, daß sie nicht leise genug gingen, aber das war schon in Ordnung, bald, wenn sie zum Fluß kamen, würden sie sich hinsetzen, und der Wald würde sich beruhigen und an sie gewöhnen.

»Versteck dich beim Wasser, irgendein Tier wird bestimmt zum Trinken kommen. Du wartest einfach darauf, daß ihre Bedürfnisse sie zu dir bringen.«

»Und wie lange werden wir warten müssen?« Er flüsterte, weil sie auch geflüstert hatte.

»Ich weiß nicht – bis sie das Bedürfnis spüren.« Das Flüstern war gut, Schulter an Schulter, dicht beieinander kauernd.

»Es wird bald dunkel.«

»Ich finde den Heimweg auch nach Sonnenuntergang.« Das war nicht gelogen – sie hatte es schon einmal geschafft. Aber da hatte sie eine Taschenlampe gehabt, und jetzt hatte sie keine. »Wenn wir in Deckung und ruhig bleiben, kommen Tiere.«

»Was für Tiere?«

»Das Rotwild wird abends aktiv.« Sie waren wunderschön mit ihren weißen Spiegeln, aber weder sie noch David waren unsichtbar genug, sie in die Nähe zu locken. »Vögel ... ich weiß nicht. Es ist jedesmal anders. Einmal ist ein Waldmurmeltier über diesen Felsen da gelaufen: Wir haben uns angesehen und sind beide erstarrt. Murmeltiere können selbst ganz wie ein Fels aussehen, sie haben die richtige Farbe, also hat er den Kopf zur Seite gedreht und sich plattgedrückt, und wenn ich nicht gewußt hätte, daß er da war, wäre ich nie drauf gekommen.« Sie redete zuviel, sie sollte besser still sein, aber er hörte ihr zu, und der Wald roch lebendig, und hier im Schatten war es kühler, ein angenehmer Aufenthaltsort, also redete sie weiter. »Alle zehn Minuten oder so bewegte er seine Füße ein bißchen oder richtete sich kurz auf, schaute interessiert zu mir herüber, und ich schaute zurück. Dann verwandelte er sich schnell wieder in einen Felsen. Das ging fast eine Stunde so, vielleicht noch länger: Erst war er ängstlich, aber neugierig, und dann neugierig, aber ängstlich.«

»Woher weißt du, daß es ein *er* war?«

»Habe ich geraten.«

»Ich dachte, die Tiere sollen nicht bemerken, daß man sie beobachtet.«

»Manchmal merken sie es, aber es stört sie nicht. Man kann sich dann zusammen hier aufhalten, und keiner tut dem andern was.«

David lehnte sich etwas zurück, machte es sich bequemer und nickte neutral. Sie wußte nichts mehr zu sagen.

Langsam breitete sich der Frieden des Waldes aus, das Rattern eines Waldspechts, der Ruf eines Blauhähers, das an- und abschwellende Rascheln der Streifenhörnchen im Unterholz, das Klappern eines abgebrochenen Astes, der schließlich herunterfiel. Sie ließ sich gern davon umschließen, ein Ruf brachte den nächsten hervor, jede Bewegung erzeugte eine Reaktion, keine Untertöne oder Zweideutigkeiten.

»Warum hast du es getan?«

Er erschreckte sie, obwohl er sehr leise sprach.

»Getan ...?«

»Warum hast du es getan? Ich hatte bloß nachgedacht, mir bloß ein bißchen Zeit zum Nachdenken genommen, und schon warst du mit einem anderen zusammen, mit einem anderen *verheiratet.* Hast du ihn schon vorher gekannt, oder ...? Ich konnte es einfach nicht ...«

»Ich habe ihn nicht vorher gekannt, er war einfach nicht du. Mit uns hat es nicht funktioniert, David.« Das war eigentlich nicht das, was sie ihm sagen wollte, aber er hatte sie geärgert, und jetzt war es raus. »Es tut mir leid, aber –«

»*Dir* tut es leid? Ich habe draußen vor der Kirche gestanden, so leid hat es mir getan. Ich wollte es sehen, damit ich es glauben konnte. Du bist aus dem Auto gestiegen ...« Er schluckte, runzelte die Stirn. »Ich bin weggegangen. Aber ich ... ich weiß nicht, warum ich jetzt hier bin.«

»Ich weiß auch nicht, warum ich dich hergebeten habe.«

Jetzt wäre es gut gewesen, zu lachen und die Atmosphäre aufzulockern. Sie hatten schließlich gerade im Flüsterton ihre Vergangenheit diskutiert, aus Rücksicht auf die Waldtiere, die sie natürlich trotzdem gehört hatten und die deshalb in vernünftiger Distanz blieben. Ganz so rücksichtsvoll aber gingen sie denn doch nicht miteinander um.

David riß an einem grünen Zweig, brach in ab. »Hör mal, macht es dir was aus, wenn wir nicht den ganzen Abend hier sitzen bleiben? Ich werde wie verrückt gestochen, und ich bin nicht in der Stimmung dafür.«

»Tut mir leid, daß ich dich hier rausgelockt habe.«

»Nein, die Idee war schon gut.« Er lächelte, aber das Lächeln galt nicht ihr. »Es wäre toll geworden, wenn wir beide andere Menschen wären.«

»Sind wir aber nicht.«

»Was?«

»Nichts.« Sarah stand auf und begann, ihn zurückzuführen. »Komm. Dann können wir wenigstens noch den Sonnenuntergang sehen.«

»Ach ja, dann war es wenigstens kein völlig verschwendeter Tag.«

»Gerade dachte ich, es könnte bloß noch schlimmer werden, wenn du jetzt sarkastisch wirst.«

»Sarah, ich –«

Aber sie griff nach seinem Arm und zog heftig daran. »Das mußt du dir angucken.«

»Großer Gott ... was denn jetzt?«

Sarah fühlte sich seltsam erleichtert: Weil heute schon alles schiefgelaufen war, konnte nichts, was sie jetzt noch tat, ins Gewicht fallen, sie konnte es einfach tun, weil ihr danach war. Sie kniete sich hin, und obwohl sie es nicht erwartet hatte, sank auch er neben ihr auf die Knie und fragte noch einmal, sanfter, »Was jetzt?«

»Siehst du die Blätter, die der letzte Sturm abgerissen hat?«

»Ich glaube schon. Die abgestorbenen.«

»Sie legen sich wie eine Schicht aufeinander, und dann sieht man Eindrücke.« Sie war stolz darauf, es war nicht leicht zu sehen, nicht aus der Höhe, beim Gehen, und nicht in Gesellschaft eines Mannes, dem man am liebsten eine Ohrfeige gegeben hätte. »Und wenn du sie anhebst ...« Sie hob eine Lage ab, es löste sich wie feuchtes, schweres Papier. »Jawohl. Da haben wir's.« Es war schön, wenigstens einmal richtig zu liegen.

»Haben wir?«

Es war ein Abdruck, die gespaltene Fußspur eines Hirsches, die sich scharf im nassen Erdreich abzeichnete. »Wenn du dich vorbeugst ...«

»O ja, gern.« Und er schien tatsächlich erfreut, er schien das zu wollen.

»Du darfst zuerst.«

»Zuerst was?«

»Was ich dir zeige.« Sie nahm sein Handgelenk, »Du legst«, sie faltete seine Finger bis auf Zeige- und Mittelfinger, »genau so, als wolltest du ein Segenszeichen machen«, sie ließ ihn los, »und dann legst du deine Finger hinein.«

Sie sah zu, wie er seine Finger in je eine Hälfte des Abdruckpaares legte, der Huf war im Schlamm weit gespreizt worden.

»Das ist schön, oder? Man denkt an den Augenblick, wo der Hirsch den Boden berührt und wieder verlassen hat. Du hast jetzt wahrscheinlich schmutzige Finger.«

»Das macht nichts.« Er hielt inne, konzentrierte sich auf seine Hand, und zog sie dann heraus. »Du bist dran.«

Sarah steckte ihre Finger in den Abdruck, David wartete. Als sie die Erde berührte, wußte sie es gleich, mußte beinahe lachen.

»Was ist?«

»Es fühlt sich warm an, wo deine Finger waren. Normalerweise ist es kalt.«

»Und? Ist es so besser?«

»Ja.«

Die letzten Sonnenstrahlen tränkten die Blätter über ihnen, und jeder Zweig leuchtete in blassem Pflanzenlicht.

David räusperte sich. »Wollen wir nach Hause gehen?«

»Wenn du willst.«

Sie standen einen Moment unsicher herum.

»David?«

»Ja.«

»Ich wußte nicht, daß ich auf dich warten sollte. Ich dachte, du wärst weg.«

»Ich weiß.« Er legte seine Hände um ihre und hob sie empor. »Du hast Dreck unter der Fingernägeln.«

»Damit kann ich leben.«

»Ich könnte ihn auch weglutschen.« Sein Blick traf ihren, er fing sofort an zu lachen. »O Gott, was für ein dummer Gedanke. Nicht gerade eine guter Vorschlag. Nicht sehr … passend. Aber ich weiß schon die ganze Zeit – seit ich angekommen bin – nicht, was ich sagen soll.«

»Das hättest du sagen sollen.« Es war ihr wichtig, danach auch sofort zu lachen und ihre andere Hand an seine zu legen. »Ich hatte auch keine Ahnung.«

»Schwierig.«

»Das ist noch vorsichtig ausgedrückt.«

Sie ließen zu, daß ihre Hände sich trennten, und gingen weiter.

David strich ihr mit den sauberen Knöcheln über den Arm. »Aber eins sage ich dir: ich bin zwar nicht besonders gut, was Naturbeobachtung und so was angeht, aber ich glaube, daß es bald wieder donnert. Ich bin sogar ganz sicher, daß es heute nacht wieder ein heftiges Gewitter gibt.«

»Gut möglich.«

»Definitiv.« Er ließ ein paar weitere Schritte verstreichen. »Also sollten wir lieber zusammenbleiben.«

»Die Nacht über.« Bald würde sie ihn küssen. Dieses Warten war das Beste. Beide wußten, daß der andere da war, und beide ließen sich gern von ihrer Sehnsucht wehrlos machen, um dann erwischt zu werden. »Vielleicht gar nicht so dumm.«

»Mm hm. Falls du dich dazu entschließt, Angst zu haben. Oder glücklich zu sein. Oder was auch immer. Falls du dich zu etwas entschließt.«

»Das könnte jederzeit passieren.« Der Wald begann seinen Abendgesang, der starke Bonbongeruch des Rhododendron, das sanfte Grummeln später Bienen, die noch bei der Blütenarbeit waren, und David begleitete sie, paßte sich ihr an, Schritt für Schritt, und der Graben zwischen ihnen wäre bald geschlossen. »Jederzeit.« Sie gestattete ihm, nicht nur ihre Gedanken, sondern auch ihre Haut zu berühren, so wie er es früher durfte, wie er es bald wieder dürfen würde.

»Ich weiß, Liebste.«

»Gut. Dann ist ja alles in Ordnung. Dann ist es gut.«

»Du denkst schon wieder an sie.«

»Woher weißt du das?« Kovacks' Stimme klang seltsam. Es gefiel ihm gar nicht, wie sie sich manchmal anhörte.

»Das merke ich.«

»Und woran merkst du das?« Klang immer noch nicht gut. Die Töne sausten hier drin herum wie Querschläger, und immer schneller oder langsamer, als er es erwartete. »Woran merkst du das?« Es gab Gesetze über die Ausbreitung des Schalls – man hatte ihm beigebracht, daß er die nicht brechen konnte.

»Das merke ich immer. Du hörst auf zu reden, du schaust auf deinen Plan, aber deine Augen bewegen sich nicht, also kannst du unmöglich lesen ... du ziehst die Lippen ein ... nicht sehr, aber ich weiß, wie dein Mund aussieht, wenn du die Lippen nicht einziehst ...«

»Nicht einziehst ...« Kovacks rückte die Bohnenschößlinge zurecht und testete dann seine Fähigkeit, in der Schwerelosigkeit Süßigkeiten zu essen; er schwebte scheinbar ziellos hinter einer Schokoladenkugel her und schnappte danach wie ein Schokolade fressender Fisch. Das konnte er noch sooft tun, es bereitete ihm jedesmal wieder großes Vergnügen. »Bist du etwa in mich verschossen, Kumpel? Ich meine, du scheinst mich ziemlich genau zu beobachten ...«

»Mmmm, Don, vielleicht hast du recht. Nimm doch mal eben deine Brille ab, während ich drüber nachdenke.« Alain hüpfte zaghaft hoch und erwischte eine schokoladenglasierte Erdnuß, die in einer eigenartigen Umlaufbahn taumelte.

»Tja, mein Freund, es wird dir vielleicht schon aufgefallen sein, daß ich keine Brille trage. Wir geprüften Testpilotenjungs tragen keine Brillen. Und wirst du das wohl lassen – klaut einem die M&Ms –, so was kann einen Mann zur Weißglut treiben.«

»Glaub mir, Kovacks – du bist schon weißglühend auf die Welt gekommen. Deine Mutter hat sich bestimmt verbrannt, als sie dich geboren hat.«

»Heiß geboren.«

»Traurig, aber wahr.«

Kovacks trat sacht gegen seine Schranktür. »Heiß geboren ... das sollte man auf einen Sticker schreiben.«

»Auf jeden Fall besser als *Fliegen Sie Marine.*« Alain deutete mit dem Kopf auf einen der Versuche Kovacks', dem seelenlos weißen Design eine persönliche Note zu geben: ein etwas widersprüchlicher selbstklebender Slogan. Ungefähr so sinnvoll wie *Schwimmen Sie Zahnmedizin.* Hätte ich das Ding doch nicht mitgebracht, dachte er, aber er konnte natürlich gar nicht anders – das gehörte sich so für den braven Jungen von der Marine.

»*Fliegen Sie Marine.* Mmhm. Gefällt er dir nicht?« Kovacks manövrierte sich nach links, um Alain an die Schulter zu stupsen, und dann harmonisierten sie ihr beiderseitiges Grinsen, bis es synchron war. »Was weißt du schon über die Marine, Herr Professor? Hm?«

Alain stupste zurück und fing an zu kichern. Manchmal, wenn Kovacks nicht aufpaßte, geriet Alain dieses Kichern außer Kontrolle, aber wenn sie jeder für sich arbeiteten, lief eigentlich immer alles glatt. Sie redeten miteinander, bis eine nicht feindselige Atmosphäre entstand.

»Kumpel? Ich warte. Komm schon, erzähl mir alles, was du weißt. Ich kann's vertragen.«

Kovacks wartete, bis Alain sich fröhlich zusammenrollte und versuchte, ihre Position zueinander günstig zu halten. Dann stupste er ihn wieder an. »Du bist doch bloß ein wandelnder Taschenrechner, stimmt's?«

Alain atmete hastig ein und spuckte seinen Spruch aus: »Ganz genau; ich bin der Blechmann, und du bist der Vogelmann.«

»Du sagst es. Und wenn man als Vogelmann auch nur ein bißchen Sinn für Gerechtigkeit hat, müßte man sich über dich eigentlich höllisch aufregen. Ich mußte die unmöglichsten Flugtests über mich ergehen lassen und mehr als einmal meinen Arsch riskieren, um hier raufzukommen. Alain Sablon hingegen: Versager beim Golf –«

»Ich habe ein gutes Handicap.«

»Deine Hand-Augen-Koordination ist nicht besser als bei einem Zackenbarsch.«

»Ich habe gehört, das sollen ganz geschickte Fische sein.« Jetzt lachten sie beide, hielten sich aber ruhig.

»Alain Sablon, Versager beim Golf, Versager in der Liebe –«

»Unzulässiges Beweismittel.« Alain boxte in die Luft und vollführte unbeabsichtigt eine sanfte Drehung. »Das ist ein ganz anderes Handicap.«

»Ich weiß, ich habe deine Akte gelesen. Versager beim Golf, Versager in der Liebe und Versager als Mensch ...«

»Aber ungeheuer fähiger Physiker.«

Alain verbeugte sich unwillkürlich, und Kovacks ließ seinen Körper aus purem Spaß ein bißchen auf und ab hüpfen. Er hatte die M&Ms dicht zusammengetrieben, damit er bei Bedarf hineinfuttern konnte. Alain versuchte hin und wieder, im Hechtsprung ein paar zu erhaschen, aber er flog fast immer daneben; er hatte wirklich nicht den blassesten Schimmer vom Fliegen.

»Ja, genau. Der Herr Physiker Alain Sablon, der zwanzig Jahre lang abwechselnd seine linke und seine rechte Arschbacke auf einem kanadischen Schreibtischstuhl plattgesessen hat, marschiert einfach so in unser Raumfahrtprogramm hinein. Das Leben ist ungerecht.«

»Na, ich weiß nicht ... manchmal habe ich auch beide Arschbacken gleichzeitig plattgesessen, das hat bestimmt einen guten Eindruck gemacht.« Er tippte Kovacks freundschaftlich auf die Schulter. »Hör mal, ich finde, du sprichst ein bißchen viel von Arschbacken und so – willst du irgendwas andeuten?«

»Willst du's wirklich wissen?« Kovacks schlang eine riesige

Menge Schokonüsse hinunter und versuchte krampfhaft, nicht zu husten.

»Wenn du in der High School Rechnen gelernt hättest, könntest du jetzt an meiner Stelle sein.«

»Ich bin lieber an meiner Stelle.« Jetzt klang er nicht nur komisch, sondern auch klebrig.

»Du hättest auf deinen plattgesessenen Arschbacken direkt ins Raumfahrtprogramm rutschen können. Ganz ohne Streß.« Alain schwebte sacht heran, ganz dicht heran. »Wie ist sie so? Was denkst du, wenn du an sie denkst?« Alains Worte bewegten sich genau so schnell zu ihm, wie sie sollten. Er klang bis auf seinen blöden Akzent ganz normal – *hättest* klang eher wie *'ättöst* und dergleichen.

»Erzähl mir was von ihr! Wie ist sie so?« Alain kratzte sich im Nacken, als sei er gar nicht sonderlich interessiert, sondern frage nur zum Zeitvertreib.

Kovacks wußte es besser, er kannte Alain, er wußte, daß man hier oben aus irgendeinem Grund – die engen Dienstpläne, das schreckliche Auf und Ab von Hell und Dunkel – keine Zeit verschwendete. Wenn er mal eine freie Minute hätte, würde er sie nicht ungenutzt verstreichen lassen oder mit Fragen verschwenden, deren Antwort ihn gar nicht interessierte.

»Sie ist …« Kovacks spürte, wie sich die Erinnerung unter seinem Brustkorb entzündete. Oben auf der Brücke beantwortete jemand ein paar Nachfragen zum Testen der Zusatzgeneratoren. Kovacks testete die Zusatzgeneratoren gern, er mochte die langen Reihen von Schaltern; das Umlegen und Drücken machte Spaß und sah so aus, als würde er etwas von seinem Job verstehen, und das war genau das Richtige für die Zuschauer daheim.

»Alain, es gibt über sie nichts zu erzählen. Sie ist sehr weit weg. Das ist das einzig Wichtige, was ich über sie sagen kann. Das ist sie nämlich vor allem: weit weg.«

»Nein. Wie ist sie?«

Kovacks schnippte Alain den letzten Schokobonbon zu und sah zu, wie er ihn mit dem Mund auffing; sogar gleich beim ersten Versuch. Ein sauberes Zuspiel und eine hervorragende Annahme: das Ergebnis unterstützender Teamarbeit im Einsatz.

»Du hast sie doch kennengelernt – Holly ist so, wie sie aussieht.« Kovacks wußte genau, er mußte jetzt entweder aufhören oder die ganze Geschichte noch einmal erzählen, von Anfang an. »Sie sieht aus wie ... eine wahre Freude.« Noch ein Satz, und die Entscheidung war gefallen. »Und das ist sie auch. Manchmal.«

Alain schloß die Augen, um zuzuhören. Das machte er öfter, was wahrscheinlich darauf hindeutete, daß er keinerlei Kampftraining hinter sich hatte. Kovacks schloß selten die Augen, nicht mal beim Schlafen. Alain meinte, das läge nicht am Kampftraining, sondern an seinem krankhaften Verfolgungswahn. Kovacks neigte ebenfalls zu dieser Annahme. »Du willst also die ›Erste Nacht mit Holly‹-Geschichte hören, ja?«

»Ja.«

»Du weißt, wie ich dann drauf komme ...«

»So bist du doch sowieso drauf.«

»Okay ... also. Ich war im Training für diesen Testpilotenscheiß – ich war also schon Flieger, und ich stieg jeden Tag höher. Ich war ein Vogel.«

Und das war keine Übertreibung, Kovacks konnte das Ziehen in seinen Muskeln auch jetzt spüren, diesen Schmerz, der immer dann aufleuchtete, wenn er daran dachte, daß er es tatsächlich wieder bis hierher geschafft hatte, im ständigen freien Fall, im luftleeren Raum. Er flog und war deshalb ein glücklicher Mensch.

»Ich hatte einen überirdischen Instinkt, ich hätte aus dem Flugzeug steigen und auf den Wolken herumspazieren können. Und was mache ich? Ich versuche mit aller Macht, diese Badewanne hier zu fliegen, die sich wie eine Kuh auf Schlittschuhen bewegt. Aber ich bin eben verrückt.«

»Was du nicht sagst!«

»Na ja, um es kurz zu machen: ich war brandheiß – in den Jugendtagen meiner Fliegerkarriere –, und Holly war auch brandheiß.«

Warum hörte sich das so unecht an?

»Sie wollte einfach einen Flieger, irgendeinen Flieger.«

Das hörte sich alles kein bißchen wie sein Leben an, oder überhaupt wie das Leben von irgend jemandem. Vielleicht, weil er die Geschichte schon so oft erzählt hatte. Wahrscheinlich eher, weil sich Kovacks' Vergangenheit so sehr von seiner Gegenwart unterschied, daß sie unmöglich oder unwahr erschien. Kovacks hatte die Verheerungen der Veränderung erlebt. Jetzt war er in die Luft gegangen und hinaus ins Universum geflogen, wo Veränderung praktisch die einzige Konstante war. Für ihn war das keine Überraschung.

»Holly war damals auch verrückt. Das gefiel mir. Ich fand es toll, daß sie sich um nichts scherte. Sie wollte nicht wissen, wer ich war; was für eine Art Mann; was ich für Hobbys hatte. Holly wollte bloß den, der in der Luft der Beste war, und das war ich. Der Beste der Besten. Daß es mich traf, war reiner Zufall. Ich kam mir so billig vor, es war phantastisch. *Ich* war *ihr* One-Night-Stand. Verstehst du?«

»Darüber lernt man im Physikstudium nicht viel.«

»Red keinen Scheiß! Du hast mir doch erzählt, daß du zweimal verheiratet warst.«

»Ich bin zweimal geschieden. Das ist was anderes.« Alain strich trotz der mangelnden Schwerkraft seine Schlafhalterung glatt. »Erzähl weiter.«

»In der ersten Nacht, in der allerersten Nacht, tanzten wir miteinander, und sie war einfach überall an mir, so dicht, daß sie jede meiner Bewegungen spüren konnte – und ich schaute ihr ganz tief in die Augen, und da drinnen sagte alles, ›Ich bin bereit.‹ Sie sagte –«

»Täusche ich mich, oder bist du das?« Alain lächelte verträumt und bewegte seine Füße langsam in die Richtung, die er als Horizontale bevorzugte.

»Ja. Genau das hat sie gesagt. Und ich habe gesagt, daß sie sich nicht täuscht, und daß ich mich in unzüchtiger Weise für ihre Beckenmuskulatur interessiere, und sie hat gesagt, daß es ihr wirklich leid tut, daß wir nicht an irgendeinem einsamen Ort draußen sind, wo wir beide meine Gedanken in die Tat umsetzen könnten.«

»Auf dem Parkplatz.« Alain war wirklich ein sehr genauer Mensch – mit einem aufmerksamen Blick für Einzelheiten und einem hervorragenden Gedächtnis.

»Ich wäre ja mit ihr in ein Motel gefahren, aber sie wollte mich gleich auf dem Parkplatz, auf dem Rücksitz ihres ziemlich schicken Wagens. Ich konnte es gar nicht fassen.«

Er zweifelte tatsächlich täglich mehr daran. Er konnte sich jede Einzelheit seiner Frau präzise ins Gedächtnis rufen, so schnell und direkt, daß es ihn fast ins Fleisch schnitt, aber es gelang ihm nicht, sie glaubhaft zu machen. Hier oben, jenseits der Welt, konnte er zwar die winzige, doch unablässige Anziehungskraft spüren, die sie auf ihn ausübte, aber er konnte nicht ein bißchen an das glauben, was zwischen ihnen sein könnte oder gewesen war.

»Sie drehte sich von mir weg, als wäre ich gar nicht da, kletterte ins Auto, machte meinen Reißverschluß auf und hockte sich auf mich. Kein Höschen – sie hatte nichts drunter.«

Alain und er hatten eine Vereinbarung: an dieser Stelle machten sie eine Pause, damit sie beide ihren Gedanken nachhängen konnten. Kovacks dachte meistens an den Augenblick beim Aufstieg, wenn die Bewegungslosigkeit sich in Schwerelosigkeit verwandelte und die Summe seiner Teile sich scheinbar so anfühlte wie immer, aber irgendwie schöner, bedeutungsvoller.

»Danke, Don, du kannst jetzt fortfahren.« Alain nickte respektvoll, er war offensichtlich zufrieden mit den Vorstellungen, die ihm beim Gedanken an Kovacks Frau gekommen waren. Gute Freunde können Dinge teilen – das war beruhigend echt.

»Na ja, ich bin also drin und verliere langsam den Verstand, und die Offiziere gehen mit ihren Gattinnen vorbei, ich höre Stimmen, die ich erkenne, während Holly es mir besorgt, als würde sie ihr Geld damit verdienen, aber sie sagt keinen Ton. Ich mache ihr Kleid hinten auf – es ist so ein trägerloses Kleid, und nach dem Tanzen weiß ich schon, was ich zu erwarten habe – und sie beugt sich nach hinten, näher zu mir, und dann legt sie noch einen Gang zu und läßt mich alles machen, was ich will. Und ich weiß genau, daß ich niemals genug Zeit haben werde, alles zu machen, was ich will.«

Ihre Brüste hatten sich nicht verändert. Nicht mal, nachdem Max geboren war: sie waren immer noch klein und fest, wie er es gern hatte, mit hungrigen Brustwarzen, die seine Haut kribbeln ließen; sogar durchs Kleid, ein Blick genügte schon. Und er hatte ihr immer gesagt – einmal saugen genügte, und er würde sie überall wiedererkennen. Solche Sprüche konnte Holly allerdings nicht mehr vertragen. Diese Art Komplimente wollte sie nicht mehr hören. Und natürlich klang seine Stimme auch immer seltsam, wenn sie miteinander sprachen, und das half auch nicht gerade.

Seltsam, so wie heute. »Sie ist jetzt bis zur Hüfte so ziemlich nackt, und wenn irgendwer in unsere Richtung guckt, bin ich erledigt, dann werde ich den Rest meines Lebens leiden, aber das ist mir egal. Ich halte sie in beiden Händen, und sie fließt um mich herum wie Öl, und sie bewegt sich wie eine F-86, und dann flüstert sie, ›Sieh mal.‹«

»Und du siehst hin.«

Kovacks nickte. »Und ich sehe dieses niedliche ältere Ehepaar, das Arm in Arm vielleicht drei Meter an ihrem Auto vorbeischlendert. ›Meine Mutter und mein Vater.‹ Mehr sagt sie nicht, und dann kommt sie, und es fühlt sich an, als wollte sie mir durchs Rückgrat das Gehirn raussaugen. Und dann bin ich auch soweit. Als ich wieder einigermaßen zu mir gekommen bin, ging sie schon davon. Ich glaube, ich habe ihr hinterhergerufen ...«

Da klang seine Stimme zum ersten Mal falsch. Er hatte zwischen den Autos hinter ihr hergerufen, so lange er sie noch sehen konnte, und das eine Wort, das er ihr anbieten konnte, war herumgewirbelt und abgeprallt, als hätte es ihn nie gekannt und nicht gewußt, was er sagen wollte.

»Ich weiß, daß ich ihr was hinterhergerufen habe, nämlich ›Danke‹. Sie hat sich nicht umgedreht.«

»Ist da auch nur ein wahres Wort dran?«

»Bloß jedes einzelne. Ich rede hier von der Nacht, in der ich im wahren Wortsinn meine Unschuld verloren habe.« Alain schüttelte väterlich den Kopf, und Kovacks stieß sich mit den Fingerspitzen in die Luftschleuse und begann, die Halteriemen aufzudröseln, die verhindern sollten, daß sein Körper im Schlaf durch die Gegend trieb. Das muß man sich mal vorstellen: ein erwachsener Mann, der auf nichts als reibungsloser Luft liegt und träumt, und nur eine Schlinge um seinen Knöchel hindert ihn daran, sich davonzumachen.

Er hatte Max daheim von diesen Dingen erzählt, aber er merkte, daß der Junge die Geschichten seines Vaters nicht ganz glauben konnte. Vielleicht hatte Holly ihm erzählt, daß Kovacks log. Kovacks log natürlich auch, aber nur Holly gegenüber. Max würde er nie anlügen.

»Da drin gefällt es dir, oder?«

»Was hast du gesagt?«

Kovacks hatte wieder vergessen, zuzuhören. Bei zu viel Aussicht funktionierte sein Gehör nur langsam, und hier oben war Aussicht das einzige, was ihm blieb. Die sieben anderen Menschen, die mit ihm die Unendlichkeit teilten, konnten ihn kaum davor schützen, ins Alleinsein hinüberzugleiten; in die größte und schönste Einsamkeit, die überhaupt möglich war. Sie konnten die Versuchung nicht abwenden, schrecklich frei zu sein.

»Ich habe gesagt, es gefällt dir da drin.«

»In der Luftschleuse? Klar. Irgendwer muß ja da schlafen. Falls du es noch nicht bemerkt hast: wir haben nicht sehr viel Platz hier.« Kovacks griff nach seiner Schlafmaske – sie hing da in der Luft, wo er sie hingehängt hatte.

»Aber manche Leute würde es ganz schön nervös machen, bewußtlos an einer so gefährlichen Stelle der Fähre zu hängen. Hast du nie Angst davor, hinausgesaugt zu werden? Oder vielleicht warten wir auch nur, bis du schläfst und machen dann die innere Klappe zu, lassen dich raus und winken dir hinterher.«

»Wie du gesagt hast, mir gefällt es hier drin.«

Kovacks legte die Schlafmaske an und genoß das kleine Kitzeln echter Dunkelheit. Er konnte einiges vertragen, aber die Farben hier oben machten ihn wahnsinnig – das gelbliche Weiß, das man eher mit besonders schmerzhaften medizinischen Geräten oder alten Krankenhausbetten in Verbindung brachte. Die NASA stattete sie mit allem möglichen Schnickschnack aus, von Krabbencocktails bis hin zu angenehm parfümierten Wischtüchern, aber an die Farbgebung hatten sie offenbar keinen Gedanken verschwendet. Ein paar Aufkleber wie *Fliegen Sie Marine* oder sogar *Idaho – Famous Potatoes* halfen nicht wirklich. Bei der Abschlußbesprechung würde er das mal zur Sprache bringen.

»Hey, Kumpel?«

»Ja?«

»Nichts. Vergiß es. Schlaf nur.«

Kovacks wollte sich noch ein bißchen unterhalten, aber hörte, daß sich Stubbs und Maclehose nach unten schwangen, um auch schlafen zu gehen. Wenn Kovacks sich mit Alain unterhielt, hatte er die anderen nicht gerne dabei. In einer seiner Beurteilungen war das negativ vermerkt worden, also hatte er versucht, sein Verhalten zu korrigieren, aber jetzt waren sie in der Umlaufbahn, und er fand, daß er jetzt tun konnte, was er wollte. Kovacks wollte seine Geheimniskrämerei voll ausleben. Er würde ohnehin keine weitere Mission mehr fliegen, er war zu alt, also hatte er beschlossen, sich ein bißchen schlecht zu benehmen, Spaß zu haben und sich an alles tausendprozentig zu erinnern, damit er Max genauestens davon berichten konnte.

Max war ein toller kleiner Kerl. Noch keine drei Jahre alt und stand schon da wie ein Kerl: breitbeinig, den Bauch rausgestreckt, starrte er einen mit leicht vorgeschobenen Lippen an, als wollte er klarmachen, daß die Dinge nach seinem Willen zu laufen hatten, sonst hätte er einige wichtige und unangenehme Dinge anzumerken. Besonders, wenn er nackt war, stellte er sich in dieser Pose hin. Er nahm wahrscheinlich – zu Recht – an, daß er mit seinen O-Beinen und seinem winzigen Schwanz wie ein seniler General aussah, der eine besonders mitleiderregende Kompanie Reservisten inspizierte.

»Papa, du bist voll Scheiße.«

Max war schwer begeistert von diesem Satz. Er war clever, er wußte, daß er damit eine Reaktion provozieren würde. Wenn Kovacks allein war, lachte er so heftig darüber, daß ihm schwindlig wurde, und Max lachte mit und rollte auf dem Boden herum wie ein Welpe, den man gekitzelt hat. Wenn Holly dabei war, lachte Kovacks auch, aber sie machte ihm sofort Vorwürfe, daß er den Jungen verderben würde oder so etwas, dabei würde Kovacks das nie tun und war in Wirklichkeit völlig verblüfft gewesen, als Max ihm das erste Mal mit diesem Spruch kam.

Kovacks vermutete, daß Max seinen Papa mit neun oder zehn anflehn würde, ihm sein Auto zu leihen, damit er herumfahren konnte und lauter Sachen tun, die Kerle eben tun. Er war wirklich ein toller Junge und verdiente jede Menge Freiheit. Kovacks hatte ihm oft erzählt: »Weißt du, wenn ich da oben bin, wenn ich nicht auf der Erde bin – kurz bevor wir den ganzen Mist hier hinter uns lassen, senkt sich so ein Schleier Engelslicht um uns, und dann fällt er hinter uns zurück. Weißt du, was das ist? Es ist ein Heiligenschein. Ohne Scheiß. Dieser Planet hat einen Heiligenschein, garantiert, und das heißt, hier kann keiner je etwas falsch machen. Wenn sich also etwas richtig anfühlt, dann tu es. Okay? Egal, was du brauchst – es ist in Ordnung.«

Max hörte zu, die Stirn kurz vorm Runzeln, vielleicht kurz vorm Verstehen, und Kovacks wurde ganz schlecht, weil Kinder so leicht zu verbiegen waren. Man sagte etwas, und sie nahmen es ganz falsch auf. Oder man verdarb sie mit Absicht, und das war so unglaublich einfach. Man konnte kaum anders, als die Unschuldigen vergiften.

»Du bist voll Scheiße, Papa. Scheiße, Scheiße, Scheiße.«

Ein kluges Kind.

Kovacks öffnete die Augen unter der Maske und roch den Weltraum. Mit der Zeit roch jede Dunkelheit nach Weltraum: nach einer Mischung aus Schweiß, Eingesperrtsein, chemisch behandeltem Gewebe und dem süßen Sog der Unendlichkeit. Er schwang seinen Körper nach oben ins Nichts, bis es bequem war. Kovacks fühlte sich gehalten, eingebettet in die ungetrübte Freiheit von normalen körperlichen Zwängen. Sie berührte ihn überall, mit einem mächtigen Griff: unten am Rücken, unter den Fußsohlen, genau um die Schenkel, überall dort, wo Holly ihn vielleicht berühren würde, wenn er zu Hause war. Vielleicht, vielleicht auch nicht.

Auf dem festen Grund der Erde paßten er und Holly ineinander wie ein Schlüssel ins Schloß. Manchmal hatte Kovacks das Gefühl, seine Knochen würden zerspringen. Seine familiäre Lage setzte ihn stark unter Druck, und ihr weitreichender Einfluß konnte ihn jederzeit in Verwirrung und Ratlosigkeit stürzen.

»Kovacks.«

Alains Flüstern kam fast wie ein Schlag und ließ ihn jäh herabstürzen. Kovacks ließ sich von den vertrauten Händen stützen. Er war unvorbereitet und ungesichert in Richtung Schlaf gedriftet.

»Kovacks. Alles in Ordnung?«

Kovacks schob die Schlafmaske hoch und ließ einen zarten Lichtstoß herein. »Klar. Abgesehen von der Herzattacke geht's mir blendend. Kann ich dir irgendwie helfen?«

»Sprich leise – wir wollen doch keine Gesellschaft, oder?«

»Nein. Bloß keinen Besuch – ich habe überhaupt nichts anzuziehen.« Er schwang wieder in die Senkrechte und schüttelte seinen Kopf klar. »Was ist los? Ist dir wieder schlecht?«

Kovacks spürte den leichten wohligen Schauer des unerlaubten Wachseins. Das letzte Mal hatte er sich so gefühlt, als er über knarrende Dielen zu Hollys Schlafzimmer im Haus ihrer Eltern geschlichen war, um dort geräuschlosen, atemlosen, vorehelichen, vorsätzlichen Sex zu praktizieren. Als hätte irgendwer im Haus etwas anderes erwartet; sie hatten alle gesehen, wie er geradewegs auf das Schloß losmarschierte, und warteten nur darauf, daß er den Schlüssel umdrehte.

Viel früher war er einer von zwei bösen Jungs gewesen, die an unerlaubten Orten unerlaubte Dinge planten. Glückliche Tage.

Alain schob sich nah an Kovacks heran, sagte aber nichts.

»Was ist los, Kumpel?«

»Mir geht's gut. Das Synergin scheint zu helfen. Mir war den ganzen Tag noch nicht übel.«

Kovacks bemerkte, daß Alains Körper in Bereitschaft war – seine ganze Gestalt war auf Entdeckung, auf Entschuldigung, auf gründliche Erklärung eingestellt, wenn es nötig werden sollte.

»Gut. Ich bin froh, daß es dir gutgeht.« Noch einmal würde er nicht fragen; wenn Alain etwas zu sagen hatte, sollte er selbst entscheiden, wie schnell oder wie langsam.

»War dir schon mal übel, Don? Beim ersten Mal?«

»O ja. Mir war zum Kotzen, weil ich das Skylab nie von innen gesehen habe und statt dessen in dieser Keksdose gelandet bin. Mann, wenn ich da reingekommen wäre, dann wäre ich so lange meine Schleifen geflogen, bis sie mich abgeschossen hätten. Da drin hatte man Platz, man konnte was anstellen. Aber weltraumkrank bin ich noch nie gewesen – der Weltraum liebt mich, und deshalb ist mir nie von ihm schlecht geworden. Ich habe gute Ohren, deshalb bleibe ich immer und überall im Gleichgewicht – außer im Leben.«

»Ich fand ja immer, daß du ausgeglichen bist, egal, was die anderen gesagt haben ...« Alain versuchte ein zaghaftes Lächeln und sah ihn schweigend an.

»Okay. Was willst du? Du weißt, es hat keinen Zweck, mir noch mal einen Antrag zu machen – ich bin schon vergeben.«

Alain setzte den Reiß-dich-zusammen-und-mach-deinen-Job-Blick auf.

»Alain, was ist?«

Wenigstens klang seine Stimme normal, wenn er leise sprach. So war es anscheinend immer in seinem Leben – ganz unbeabsichtigt kehrte plötzlich Normalität ein, und er fragte sich nervös, wann sie wohl wieder verschwinden würde.

»Ich wollte dich fragen ...«

»Ja?«

Alain seufzte. Kovacks hatte ihn noch nie seufzen gehört und war beunruhigt. Seufzen bedeutete Unglücklichsein. Er wollte nicht, daß seine Freunde unglücklich waren, und Alain war sein Freund.

»Erzähl es mir. Ich werde es aushalten.«

»Bleib ernst, Don. Hör mir zu!«

»Ich bin doch ganz ernst – was glaubst du, wieso ich hier so herumdruckse? Weil es mir Spaß macht? Schieß los, sonst kriege ich einen Kabinenkoller. Du starrst mich an wie eine Leiche im Sarg, verdammt ...«

»Kovacks, glaubst du an den ganzen Kram hier?«

»Glauben?«

Das war genau die Frage, die man nicht stellen durfte. Nicht mal Kovacks gestattete sich selbst diesen Gedanken. Er wußte genau, wenn er ihn zuließe, würde die Antwort nur zu deutlich ausfallen, und er war schließlich sowieso schon fast über den Rand geglitten.

»Glaubst du, daß wir hier oben sein sollten? Glaubst du, wir lösen hier irgendwelche Problem außer denen, die wir uns selbst machen, weil wir hier oben sind?« Alain schob seinen Mund ganz dicht an Kovacks Ohr, so daß sein letzter Satz im Gehörgang kitzelte. »Glaubst du ernsthaft, daß wir dem menschlichen Fortschritt dienen, indem wir uns mit einer Ladung Gemüsesamen und Spionagesatelliten aus der Atmosphäre schleudern lassen?«

»Darauf weiß ich keine Antwort. Du weißt genau, daß ich darauf keine Antwort habe. Ich kann nicht mal denken, daß ich darauf eine Antwort haben könnte.«

»Kovacks, ich habe dich beobachtet. Du bist nicht aus den Gründen hergekommen, die sie uns gegeben haben. Das kann ich einfach nicht glauben.«

»Dann glaub es nicht.« Kovacks wünschte, daß die Fenster nicht alle im oberen Teil wären. Er hatte das deutliche Gefühl, daß diese Unterhaltung nur zu ertragen war, wenn er dabei hinaussehen und sich in den Weltraum denken konnte.

»Warum bist du hergekommen? Kovacks? Das kannst du mir doch wenigstens verraten.«

»Ich bin hergekommen, weil ich fliegen wollte, das weißt du doch. Weil ich ein berühmter Astronaut sein wollte; weil ich eine zerbröckelnde Ehe retten wollte; weil ich meinen Sohn beeindrucken und meine Frau zufriedenstellen wollte; weil ich dachte, es würde meinem Land helfen, vor der Welt stark dazustehen und den Frieden zu sichern. Das ist natürlich alles Schwachsinn – ich wollte fliegen. Mehr als hier kann man nicht fliegen. Ich kann mir den Antriebsrucksack umschnallen und wegdüsen, ich kann mich völlig von allem Irdischen lösen.«

»Du wolltest nicht zurückkommen, oder? Gestern? Du bist weiter weggeflogen als geplant. Du wolltest nicht zurückkommen.«

»Das habe ich nie gesagt.«

»Das mußtest du auch nicht. Ich habe es auch so gemerkt.«

Kovacks erinnerte sich an die dünne Unterhaltung, die sich gestern nachmittag zwischen ihnen gedehnt hatte. Kovacks war mit dem Antriebsrucksack von allen Horizonten weggeschwebt, und ihm war – tatsächlich – jeder Grund für die Heimkehr abhanden gekommen.

Er hatte dem Shuttle den Rücken zugewandt – den Sicherungsleinen, den Tagesplänen, den Befehlen – und hatte sich in einen echten Satelliten verwandelt. Wie vereinbart hatte er sich erzählend auf den traumhaft blauweißen Bogen zubewegt, der über ihm hing, auf diesen ungeheuren Tropfen Erde. Der tödliche, brennende Sturz würde ihn nach Hause bringen, ihm waren die Worte ausgegangen. Sein Helm war vom sanften Druck seines Atems erfüllt, und an den Füßen konnte er schon die leere Eiseskälte spüren, die Planeten voneinander trennte, jenen Zwischenraum, in dem sich Physik und Gebete und sein Körper im Raumanzug drängten.

Alains Stimme hatte um ihn gerauscht und geknistert, während er die Arme hob und die Hände zu einem Kreis formte und dann alles verdeckte, was er je gekannt hatte. Und als es nicht mehr da war, fühlte sich nichts an ihm anders an als vorher.

Von diesem Moment an konnte er sich nicht mehr an seine Gedanken erinnern. Kovacks wußte, daß er sich wie befohlen umgedreht hatte, sich dann aber treiben ließ. Er hatte die Erde hinter sich gelassen und war dabei, am Shuttle vorbeizuschweben, um an Erstickung oder an Schönheit zu sterben, je nachdem, was zuerst eintrat.

Alain hatte ihn zurückgerufen; hatte ihn aus dem Himmel geangelt und in Sicherheit gebracht. Auch wenn Kovacks nie erwähnt hätte, daß sein Leben tatsächlich in Gefahr gewesen war.

»Okay. Ich war weg. Ich hatte vergessen, wo ich hinfliege. Du hast mich wieder runtergebracht. Danke.«

»Du hast gewußt, wo du hinfliegst – dahin, wo du nicht sein solltest.«

»Okay. Das reicht. Danke. Ich habe doch danke gesagt.«

Kovacks klopfte Alain auf die Schulter, und Alain klopfte zurück. Auf der anderen Seite der Schleuse atmeten Maclehose und Stubbs regelmäßig, vorschriftsmäßig. Sie schliefen wie befohlen.

»Kovacks?«

»Ja?«

»Ich glaube nicht dran. Ich glaube nicht dran. Warum sie uns hier raufgeschickt haben. Aber ich glaube daran, hier oben zu sein.«

»Okay.«

»Es tut mir leid, daß ich diese Sachen sage, okay?«

Kovacks zuckte die Achseln. In ein paar Jahren würde er sie selber sagen. Er würde Max erzählen, daß das Programm mit Hilfe von Raketenforschern der Nazis gestartet worden war und das Kennedy es zum Laufen gebracht hatte, weil man damit die Russen in irgendwas schlagen konnte, egal worin. Kovacks flog ein wiederverwendbares Shuttle, von dem man bloß das Klo wiederverwenden konnte. Er befand sich in jenem statistischen Universum, das von Fremden geordnet und finanziert wurde, besser als das reale, in dem sie leben mußten; jenes reale Universum vorhersehbarer Geschwindigkeiten und explosiver Gasgemische, in dem eine ganze Crew im Spalt zwischen Hoffnung und gerundeten Rechnungen ins Nichts verglühen konnte.

Kovacks hatte genug Zeit damit verbracht, Schulkinder und Journalisten anzulächeln und von Wissenschaft und Forschung zu reden, obwohl er doch wußte, daß er nur vergangener und zukünftiger Kriege wegen hier oben war. Und hier über der Erde hatte er nie etwas anderes gefunden als Frieden.

Alain schien zurück ins Bett schwimmen zu wollen, aber Kovacks griff sanft nach ihm und hielt ihn auf.

»Jetzt wirst du mir nicht einfach davonschweben. Du weißt, daß ich nicht schlafen kann, wenn mich Zweifel quälen – das liegt an meiner Kampfausbildung, du hast meine Befehlskette durcheinandergebracht.«

»Als ob du je eine gehabt hättest.«

»Okay, sie geben mir keine Befehle, aber wenn sie mir Anweisungen geben, versuche ich doch, zuzustimmen. Ich bin ein guter Junge, damit sie mich hier raufschicken, wo ich Sachen lernen kann, die sie niemals wissen werden. Niemand kennt die Welt wie wir, und niemand liebt sie so, wie wir es tun. Nur wir können sie so klein sehen, daß wir sie richtig lieben können: nämlich ganz.«

»Und dann müssen wir wieder runter, und es ist ganz egal, wohin wir nach Hause kommen, es fällt immer schwer, zurückzukommen. Max kann es bei mir riechen: daß ich eigentlich woanders sein will. Er freut sich zuerst, wenn ich ihn auf den Arm nehme, aber dann fängt er an zu weinen.«

»Du bist ganz toll mit dem Jungen.«

»Nein, ich bin beschissen.«

»Nein, du denkst, du bist beschissen, deswegen bist du gut.«

»Es wäre schön, wenn das dämlich genug wäre, um wahr zu sein. Alain?«

»Mm hm?«

»Sie führen die ganze Welt an der Nase herum, uns hier raufzukriegen. Aber dann führen wir sie an der Nase herum. Wir kommen nie so zurück, wie sie uns hingebogen haben, wir sind nie dieselben.«

Alain sah bis tief in die Augen hinein glücklich aus. »Und das ist nun wirklich dämlich genug, um wahr zu sein. Ich versuche ein bißchen Schlaf zu kriegen.«

»Ja. Halten wir uns lieber an den Stundenplan.«

»Wie es gute Jungs tun sollten.«

Kovacks betrachtete Alains Gesicht und spürte, wie großartig sie zueinander paßten, und hoffte, daß sie nach der Mission noch lange Freunde bleiben würden, denn er mußte irgendwas mit zurückbringen aus der Zeit, wo er geflogen war. Außerdem durfte ein Mann mit Kampfausbildung ab und zu das Bedürfnis nach Kameradschaft haben.

»Na los, hau schon ab, ehe die Leute anfangen zu reden. Du weißt doch, wie sehr mir Gerüchte zusetzen.«

Alain stieß sich sauber rückwärts weg und entfernte sich langsam.

»Wofür mußt du denn so allein sein – willst du dir da drin einen runterholen oder was?«

»Ich denke mal drüber nach.«

»Du bist verrückt.« Alain lächelte. »Gute Nacht, Kovacks. Paß auf dich auf!«

»Ich denke mal drüber nach.«

Er lehnte sich mit der Schlafmaske zurück und rückte den Sicherheitsgurt zurecht, bis er bequem saß. Dann dachte er drüber nach, und dann noch ein bißchen mehr. Während er hoch über der sich drehenden Welt eine unendliche Kurve flog, stellte er sich Holly in genau den richtigen Jeans vor. Er ließ sein geistiges Auge über ihren Körper wandern, wie sie mit den anderen NASA-Ehefrauen in einer Reihe tanzte, wie es sich beim *line dance* gehörte. Darauf stand sie: die Schritte, die etwas unbequemen, angespannten Posen, bei denen er sie aus jedem Winkel betrachten konnte. Die anderen Typen starrten sie auch an, wenn sich die Bewegungsgesetze ihrer Brüste bemächtigten, wenn sie die Hüften warf, den Hintern kreisen ließ und eine Naht genau dahin führte, wo sie warm und feucht war. Er sah, wie die anderen sie sahen. Dann ging sie mit einem Hochspannungslächeln von der Tanzfläche, und der ganze Saal war hart geworden. Sie wußte schon, wie man die Leute in Stimmung brachte.

Er drehte seinen Gedanken an sie langsam herum: hob ihn an, schob ihn auseinander, so daß er genug zu sehen bekam. Kovacks wollte immer bloß genug. Das war natürlich ein veränderlicher Wert, auch wenn die Variablen, von denen er abhing, nicht ganz unvorhersehbar waren. Hier, wo er sicher im Licht und in der Bewegung war, reichte schon der Anfang eines Böse-Jungs-Gedankens, um ihn halb zum Leben zu erwecken.

Aber als er seinen Körper straffte und seine Hand an den erregten Muskel führte, das übliche Drängen und Nötigen, da stimmte irgend etwas nicht. Hollys Schweiß und ihr saurer Geschmack knirschten zwischen seinen Zähnen, und er erinnerte sich an den Druck ihrer Finger, mit dem sie ihn niederhielt. Wenn sie noch näher kam, würde er es nicht schaffen.

Er drehte sich langsam auf die Seite, starrte ins Dunkel seiner Maske und versuchte sich zu konzentrieren. Er rief sich das magische Aufwallen des Blutes in Erinnerung, das ihn vom Start bis zum Entkommen aus der Atmosphäre durchströmte. Er wiederholte die Zahlenreihen der Geschwindigkeiten, die das Entkommen sicherstellten. Er stellte sich die blaßrosa leuchtenden Felder vor, die über Afrika erblühten, und sah die langsamen Deltas von Gift, die rauchend und sich windend in Ozeane mündeten, erbaut aus Marmor vom Hause Gottes. Kovacks stellte sich seinen Körper vor, gefangen in der Hitze des Aufstiegs, zur Kraft erblühend, hinein in befreite Dimensionen und ins unaussprechliche Fliegen.

Kovacks war sich ein guter und aufmerksamer Gespiele. Er tat genau, was er wollte, an genau den Stellen, wo er es immer gewollt hatte, und gegen alle Regeln; das reichte, um einen ausgewachsenen Mann zum Höhepunkt zu bringen.

Kovacks schob seine Schlafmaske weg und sah sich zu, wie er sich in die Schwerelosigkeit verströmte. Er war wie Blut im

Wasser, oder seltsame Milch; er breitete sich aus und zog sich dann in vollkommen runde Tropfen zusammen, ganz so, wie es die Gesetze der Physik verlangten.

Während sein persönliches Sternbild aus seiner eigenen Flüssigkeit davonschwebte, schnallte Kovacks sich los und schwebte in gleicher Geschwindigkeit mit, sah zu, wie es sich teilte und zusammenfloß. Schließlich klopfte er die Tropfen zu einem vereinigten Stillstand zusammen und schluckte das Beweismittel dann vorsichtig hinunter.

A. L. Kennedy

Gleissendes Glück

Roman

Aus dem Englischen von Ingo Herzke

Band 15493

Im nächtlichen Fernsehen macht Helen Brindle die Bekanntschaft von Edward E. Gluck, Psychologieprofessor, Medienguru und gutaussehend. Helen ist verheiratet mit ihrem Peiniger Mr. Brindle. Auf der Suche nach einem Ausweg in ihrem Leben reist sie dem Experten für Gefühlsverwirrungen hinterher, spricht ihn an und verliebt sich. Doch auch Edward E. Gluck hat ein Geheimnis, das mit den Verlockungen der Gewalt zu tun hat. ›Gleissendes Glück‹ erzählt vom Wunder der Selbstbefreiung durch Liebe. Furchtlos, poetisch und witzig.

»Gleissendes Glück ist eine aus Horror, Zärtlichkeit, Gewalt und Liebe wild und komisch gemischte Ballade.«
Reinhard Baumgart in ›Die Zeit‹

»Ein atemloser Tauchgang in eine fiktive Welt.«
Tagesanzeiger

Fischer Taschenbuch Verlag

fi 15493 / 1

A. L. Kennedy

Stierkampf

Aus dem Englischen von Ingo Herzke

Band 15494

A. L. Kennedy, gefeierte schottische Autorin, reist nach Spanien und zu sich selbst. Sie schreibt über den Stierkampf, das Geheimnis und den Verfall der Corrida. Die Begegnung mit dem Tod ist das Herzstück des Buches. Es erzählt von der Faszination, dem Schrecken und dem sexuellen Sog eines mörderischen Schauspiels und »überzeugt vom raren Talent einer Autorin, die immer bis zum Äußersten geht, um ihrer Kunst den unvergleichlichen Stempel ihrer eigenen Erfahrung aufzuprägen«. *Die Zeit*

»Stierkampf ... ein weiteres Glanzstück nach ›Gleissendes Glück‹. A. L. Kennedy schreibt eine klare, schnörkellose Prosa von düsterer Eleganz und zugleich erhellender Strahlkraft.«
Bayrischer Rundfunk

Fischer Taschenbuch Verlag

fi 15494 / 1

Sylvia Iparraguirre

Land der Feuer

Roman

Aus dem Spanischen von Enno Petermann

Band 15013

1830 segelt ein Schiff von England nach Feuerland. Es nimmt eine Gruppe Eingeborener auf, darunter einen jungen »Wilden«, der Jemmy Button genannt wird. Ihm sollen in London die Segnungen der Zivilisation zuteil werden, und als er vier Jahre später wieder in Feuerland abgesetzt wird, hat er Teetassen und Silberbesteck, Bücher und Atlanten im Gepäck. Mit ihnen betritt er, der nun Fremde, den Urwald.

»Ein Krimi vom Ende der Welt.
Eine sprachgewaltige Meditation über
Zivilisation und Wildnis.«
Der Spiegel

Fischer Taschenbuch Verlag

fi 15013 / 1

E. Annie Proulx
Herzenslieder
Erzählungen
Aus dem Amerikanischen von Michael Hofmann
Band 13234

Zähe Unglücksraben, skurrile Einzelgänger – das sind die Menschen, von denen E. Annie Proulx mit unvergleichlicher Komik erzählt. In der rauhen und kargen Welt Neuenglands, in die sie den Leser mit einem unfehlbaren Gespür für Atmosphäre versetzt, behaupten sich ihre ebenso verletzlichen wie sturen Helden durch Eigensinn. Sie sind wortkarg und haben ein archaisches Verhältnis zur Natur. Oft gehen sie auf die Jagd, nach Hirschen, nach Vögeln, nach Fischen und letztlich nach sich selbst.

Diese Geschichten, die E. Annie Proulx
den Ruf eines »weiblichen Hemingway« einbrachten,
sind »äußerst raffiniert erzählt und stehen ihren
preisgekrönten Romanen in nichts nach«.
Frankfurter Rundschau

Fischer Taschenbuch Verlag

fi 13234 / 1